Wolfgang W. Liebelt

FINSTERNIS ÜBER ASTURIA

AF215502

Wolfgang W. Liebelt

FINSTERNIS ÜBER ASTURIA

Fantasy

printart JUTTA ZNIDAR

© 2017
Wolfgang W. Liebelt (Autor), www.liebelt.ch

Layout: Jutta Znidar, www.printart-service.ch

2. überarbeitete und korrigierte Auflage

© 2017
Herstellung und Verlag: BoD – Books on Demand,
Norderstedt.
ISBN: 9783744882705

Inhalt

Die Geschichte dieses Buches

Es musste mal wieder sein: ,Keller aufräumen' war angesagt. Diesmal wollte ich mir vor allem die zwei Regale vornehmen, voll mit Büchern, die ich in den Keller ausgelagert hatte, weil in den Bücherregalen der Wohnung kein Platz mehr war.

Nun, beim Durchforsten und Aussortieren von überalterter Fachliteratur und Büchern, die ich wohl nie mehr lesen würde (wobei das eine der schwierigsten Entscheidungen ist, denn: wer weiss...?), fiel mir ein alter Schnellhefter in die Hand, gefüllt mit fast fünfzig eng mit Schreibmaschine beschrifteten DIN A4-Seiten (ja, mit Schreibmaschine beschriftet! Die älteren meiner Leser wissen noch, was das ist...).

Ein kurzes Anblättern und Anlesen, und schon war ich gefangen; denn es handelte sich um eine Fantasy-Geschichte aus der Zeit, als ich im Fantasy-Club ,FOLLOW' für die gleichnamige Fan-Zeitschrift und die edlere Club-Publikation ,Magira' schreibend und zeichnend aktiv war.

Das im Keller gefundene Manuskript musste demnach zwischen 1973 und 1975, also vor über 40 Jahren, entstanden sein, als ich 22 (±1) Jahre jung war. Seitdem hatte mich das Manuskript bei 7 Umzügen begleitet, angefangen von Klosterlechfeld, Bayern, bis schliesslich nach Frick in der Schweiz, wo ich es nun im Jahr 2017 beim Kelleraufräumen wiederfand. Ich begann die Geschichte nun ganz zu lesen und erlebte eine nostalgische Zeitreise in meine 40 Jahre zurückliegende Vergangenheit.

Jetzt kamen zwei Dinge zusammen: Erstens empfand ich die Story sprachlich und von den Ideen her immer noch erstaunlich ansprechend und durchaus nicht ‚old fashioned'. Zweitens hatte ich vor kurzem BookRix entdeckt und damit die Möglichkeit des Self-Publishings.

Also beschloss ich, den Text per Word zu erfassen und, wo erforderlich, sprachlich zu glätten, die Kontinuität der Story sicherzustellen und sie ggf. zu ergänzen. Das überarbeitete Manuskript sollte schliesslich als eBook publiziert werden.

Gedacht - getan. Das Ergebnis, liebe Leserinnen und Leser, habt ihr nun vor Augen.

Viel Vergnügen beim Eintauchen in die Phantasiewelt von Asturia!

Wolfgang W. Liebelt, Frick im September 2017

Vorwort zum Mythos von Asturia

Der folgende Mythos stammt aus den hinterlassenen Schriften von Merimus, dem Chronisten, der ihn aus bruchstückhaften Erzählungen zusammengefügt hat. Merimus vernachlässigte es allerdings, auf die Umwelt, in der der Mythos spielt, einzugehen. Das ist aber insofern verständlich, als das Wissen über die Götter- und Sagenwelt für Merimus und seine Zeitgenossen eine Selbstverständlichkeit darstellte, die nicht erklärt zu werden brauchte. Dieses Versäumnis des Merimus soll hier, soweit es aus dieser grossen zeitlichen Distanz möglich ist, ausgeglichen werden.

In der Antike von Asturia gab es die ‚Frühen Zeitalter‘, in denen die Götter noch Einfluss auf die Geschicke der Menschen nahmen. Jedes dieser Zeitalter endete immer dann, wenn die Sonne in das nächste Haus des Tierkreises wechselte, was auch stets mit Naturkatastrophen verbunden war, mit Feuersbrünsten, Sintfluten und Eiszeiten.

Der Aufruhr der Naturgewalten spiegelte sich auch in den Endzeitschlachten von Göttern und Menschen wider. So geschah es alle rund 2.000 Jahre, dass die Heere des Lichts und der Finsternis in diesen Katastrophenzeiten aufeinander trafen.

Von den lichten und den dunklen Göttern wurden Menschen ausgewählt, die als ihre Avatare auf den Schlachtfeldern von Asturia kämpften. Sie waren es letztlich, die den Ausgang der Schlachten entschieden.

Das Kriegsgeschick war wechselhaft, und das Zeitalter, in dem Merimus' Mythos spielt, erhielt den Namen ‚Zeitalter der Dämmerung‘, denn es galt zu entscheiden, ob es eine Abend- oder eine Morgendämmerung werden sollte. So oder so war es das letzte Zeitalter der Götter. Wir wissen, dass sie mit Beginn des neuen Zeitalters keinen Einfluss mehr auf die Geschicke der Menschheit nahmen, aber wir wissen nicht, was aus ihnen geworden ist.

Der Mythos des Merimus beginnt an einem Zeitpunkt, als das Zeitalter der Dämmerung begann, sich dem Ende zuzuneigen. Menschen und Helden warteten verzweifelt darauf, dass sich die Prophezeiung von Milanichton, dem Weisen, erfüllte und der Avatar von Adonia, der Göttin im Licht, in Erscheinung trat, um den Kampf gegen die drohenden Mächte der Finsternis anzuführen.

Grimor von Askialf, Erzscriptor der Grossen Bibliothek von Asturia, im Zweiten Zeitalter nach dem Verschwinden der Götter

Im Ring der Steinriesen

Es war eine mondhelle Nacht, als sich eine grosse Gestalt auf den Ring der Steinriesen zubewegte. Der Himmel war selten klar, so dass die Szene gut ausgeleuchtet war. Im Licht des Mondes erkannte man einen Mann mit einem roten Haarschopf, dessen Gesicht von einem ebensolchen Vollbart umrahmt wurde. An seinem Gurt hing ein schwerer Dolch mit breiter Klinge; doch der Mann gedachte, sich noch in dieser Nacht eine weitaus mächtigere Waffe zu beschaffen - die Sterne standen günstig!

In der Mitte des Steinkreises angekommen, hob er die Arme zum Himmel und begann, Zauberverse zu murmeln, die seit Urgedenken in seiner Familie vom Vater jeweils an den ältesten Sohn weitergegeben worden waren. Minute um Minute verstrich, wurden zu Viertelstunden... Dem Mann rann der Schweiss in Strömen von der Stirn. Seine emporgereckten Arme begannen zu zittern. Dennoch hörte er nicht auf, seine Beschwörungen zu raunen. Dann endlich! Vor ihm bildete sich eine wabernde Lichtsäule von Menschengrösse. Zwei weitere folgten. Dunkle Schemen bewegten sich im Inneren und gewannen mehr und mehr an Form. Schliesslich erkannte man drei in lange Kapuzenmäntel gehüllte alte Frauen. Jede von ihnen trug einen Gegenstand.

Der Rotbart hatte aufatmend die Arme sinken lassen. Nun betrachtete er aufmerksam die drei Erscheinungen. Die Linke begann zu sprechen:

„Ich bin Van. Ich sass an den Wurzeln des Weltenbaumes, da vernahm ich dein Rufen. Ich komme, um dir den Harnisch zu bringen. Erbe Torhibs, er soll dich schützen."

Mit diesen Worten legte sie ein feingliedriges Kettenhemd vor seine Füsse und trat wieder zurück. Die zweite Gestalt wartete, bis er das Kettenhemd übergestreift hatte, dann sprach auch sie:

„Ich bin Sivari. Ich sass an den Wurzeln des Weltenbaumes, da vernahm ich dein Rufen. Ich komme, um dir den Helm zu bringen. Erbe Torhibs, er soll dir nützen."

Der Mann neigte den Kopf und die Frau setzte ihm den Helm auf, der von einem Helmbusch aus kurzem schwarzgefärbten Rosshaar verziert wurde. Sivari trat wieder zurück und Lo, die Dritte, sprach in besonders feierlichem Ton:

„Ich bin Lo. Ich sass an den Wurzeln des Weltenbaumes, da vernahm ich dein Rufen. Ich komme, um dir Angir, den Zauberhammer Torhibs zu bringen. Widulf, Erbe Torhibs, Angir soll, geführt von deiner Hand, das Böse zerschmettern, das die Welt bedroht."

Lo trat vor und reichte ihm den sichtlich schweren Schmiedehammer mit einer Leichtigkeit, als ob dieser kein Gewicht hätte. Widulf aus dem uralten Geschlecht Torhibs nahm die mächtige Waffe triumphierend entgegen. Auch in seiner Hand schien der Hammer ohne Gewicht zu sein.

„Habt Dank, ihr edlen Frauen von den Wurzeln des Weltenbaums! Wahrlich, habt Dank!"

Van, Sivari und Lo neigten würdevoll den Kopf. Dann umgaben sie wieder die wabernden Lichtsäulen mit den dunklen Schemen der drei Frauen im Innern. Dann waren sie verschwunden, gegangen, wie sie gekommen waren.

Nur knapp hundert Meter vom Ring der Steinriesen entfernt, zügelte Lodur, der Seher, seinen Rappen. Nicht weit vor ihm hatte ein Pferd geschnaubt. Während der Rappe still stand wie eine Statue, schwang sich sein Reiter geschmeidig und geräuschlos aus dem Sattel.

Mit seinen geistigen Fühlern tastete Lodur das Buschwerk vor ihm ab und stellte fest, dass sich niemand in der Nähe des fremden Pferdes aufhielt. Er brauchte nur etwa zehn Schritte zu gehen, um bewundernd zu verharren. Der mächtige braune Hengst, der vor ihm mit den Hufen stampfte, war wohl eines der schönsten Rosse, das er, abgesehen von seinem eigenen Rappen, je gesehen hatte. Lodur ging weiter in der Richtung aus der er Gedanken aufgefangen hatte, menschliche und … andere.

Als er den Waldrand erreichte, erblickte er im Mondlicht den Ring der Steinriesen. Lodur schlich hinter eine der riesigen Steinsäulen und konnte gerade noch beobachten, wie ein kräftiger Mann, angetan mit einem rosshaargeschmückten Helm und einem Kettenhemd, einen schweren Hammer in der Hand, zu drei Frauen in langen, dunklen Kapuzenmänteln sprach. Daraufhin verneigten sich die drei Gestalten würdevoll, wurden zu Schemen in wabernden Lichtsäulen und waren plötzlich verschwunden.

Lodur wunderte sich. Die Wächterinnen von den Wurzeln des Weltenbaumes - hier? Doch wurden seine Gedanken unterbrochen, denn eine dunkle Wolke - woher kam sie auf einmal in dieser bisher so sternenklaren Nacht? - hatte sich vor den Mond geschoben und als sie die Sicht auf ihn wieder freigab, hatte er eine blutrote Farbe angenommen.

Was geschah hier? Die Gestalt des Rotbarts straffte sich. Auch Lodur vernahm das Rauschen von grossen Schwingen. Und dann sah er, wie sich ein menschengrosses Geschöpf flügelschlagend einige Schritte vor dem Mann mit dem Schmiedehammer niederliess und die fledermausartigen Flügel auf seinem Rücken zusammenfaltete. Die Kreatur war nur schwer zu beschreiben - eine Mischung aus einem Reptil und einem Menschen mit dem Kopf einer Echse.

Es sah aus wie ein perverses Grinsen als sich das Maul öffnete und eine gespaltene Zunge zwischen zwei Reihen spitzer Zähne daraus hervorkam, hin und her züngelnd, als ob sie ein zusätzliches Sinnesorgan wäre.

Der Angriff erfolgte blitzschnell und unvermittelt. Schon war die Kreatur bei Widulf. Ihre Klauen mit den scharfen Krallen schlugen nach ihm, suchten seine Kehle, um sie zu zerfetzen. Aber Widulf drehte sich behende aus der Reichweite der Krallen und schmetterte aus der Drehung heraus Angir mit furchtbarer Wucht gegen den Schädel der Bestie, der wie eine reife Melone zerplatzte. Die Kreatur taumelte kopflos noch ein paar Schritte weiter und brach dann zusammen. Einen Augenblick später sah Widulf, wie sich der reptilienartige Körper in wirbelnde Schwaden auflöste, die im blutroten Licht des Mondes in den Nachthimmel schwebten und sich dort verloren.

Lodur zuckte zusammen. Noch während der Rotbart gebannt den entschwebenden Schwaden nachblickte, waren hinter seinem Rücken zwei weitere Kreaturen aufgetaucht - wie aus dem Nichts. Mit wenigen Sätzen war Lodur mit gezogenem Schwert im Ring der Steinriesen. Aus dem Lauf heraus liess er das beidhändig über seinen Kopf gehobene Schwert auf die Kreatur niedersausen, die ihm am nächsten war. Die Klinge blitzte auf, dann durchtrennte sie die Bestie mühelos - von der linken Schulter bis zur rechten Hüfte.

Während sich der in zwei Teile gespaltene Körper der Bestie auflöste wie der des ersten Angreifers, hatte sich die letzte Kreatur flügelschlagend in die Luft erhoben und versuchte offensichtlich vor den beiden Gegnern zu fliehen. Schon war sie mehr als ein Dutzend Meter über dem Boden, als Angir, von Widulf geschleudert, wie ein Blitz in den Himmel fuhr und die fliehende Bestie im Bruchteil einer Sekunde einholte. Es gab eine Lichtexplosion und dann war der Spuk vorbei. Angir kehrte in die Hand seines Meisters zurück und das Mondlicht nahm wieder seine gewohnte Farbe an.

Da standen sie sich nun schweigend gegenüber, Lodur und Widulf. Der eine schlank, aber athletisch, mit grauen Strähnen durchzogene schwarze Haare und einem schmalen blassen Gesicht, das von eisgrauen Augen dominiert wurde; der andere stämmig, breitschultrig, mit roten Haaren und rotem Bart.

Dessen dunkle Augen funkelten: „Das war wohl kaum ein Zufall, der dich zum richtigen Zeitpunkt hierher führte, und wenn, dann ein glücklicher."

„Nein.", antwortete Lodur ernst. „Kein Zufall, auch kein glücklicher. So etwas liegt immer in der Hand der Götter. Und ich nehme an, wie ich, so folgtest auch du dem Ruf von Adonia, der Göttin im Licht."

„Ja, in der Tat. Auch ich folgte dem Ruf."

Und wie auf Stichwort ertönte in Lodurs Geist eine sphärische Stimme und durch seinen Mund konnte auch Widulf die Botschaft hören:

„Schon frisst der schwarze Drache an den Wurzeln des Weltenbaums. Die Wächterinnen müssen fliehen. Bald beginnt der Weltenbaum zu dorren. Getötet werden muss der Drache, sonst stirbt die Welt. Nur einer kann das heilige Feuer entfachen, das den Drachen besiegt. Geht zu ihm!"

Die rätselhafte Botschaft war zuende und Widulf schüttelte den Kopf: „Hmm, ‚geht zu ihm'. Leicht gesagt, aber wo sollen wir ‚ihn' suchen und wo ‚ihn' finden?"

„Nun", meinte Lodur mit einem leisen Lächeln, „wie ich schon sagte - so etwas liegt immer in der Hand der Götter."

„Na, toll", brummte Widulf und folgte Lodur zu den Pferden.

Agilas Glanz

Die weite Ebene lag unter den grauen Nebelschleiern, die vereinzelte Büsche umspielten und so unbeschreibliche Phantasiegestalten schufen - Dämonen und Feen, die einen schwebenden Reigen tanzten, bis sie von einer leichten Brise aufgelöst wurden und zu neuen Formen verschmolzen. Grau in grau - ein trostloser Anblick für den Reiter, dessen Pferd mit jedem Schritt den Bodennebel aufwirbelte.

Der Morgen war kühl und der Mann hatte seinen Umhang eng um den Körper geschlungen. Jetzt hielt er das Pferd an und richtete sich im Sattel auf. Gerade in diesem Augenblick brach der erste Sonnenstrahl durch die Nebel und zeigte an, dass sich die Sonne über den fernen Horizont erhoben hatte. Der Reiter lächelte. Er breitete seine Arme aus und rief:

„Sei gegrüsst, Adonia, Göttin im Licht! Erwecke dieses trostlose Land aus seinem Nebelschlaf und gib ihm ein neues Leben. Schenke ihm Farben. Male mit den Strahlen deines Lichts!"

Als ob Adonia, die Göttin im Licht, den Ruf aus der graunebligen Einsamkeit der Ebene vernommen hätte, sandte sie weitere Sonnenstrahlen und tauchte den Horizont in einen rötlich goldenen Glanz. Der Reiter nahm eine Laute vom Sattelhorn und stimmte ein fröhliches Lied an. Sein Pferd, ein grosser, prächtiger Schimmel, wieherte freudig und setzte sich mit einem flotten Trab wieder in Bewegung. Die Nebel wichen zurück und flohen. Ein kräftiger Wind kam auf und vertrieb sie vollends. Vögel erwachten und begleiteten den Reiter mit ihrem Zwitschern. Das Nebelmeer hatte nun einem Grasmeer Platz gemacht, das die Hufschläge des Pferdes fast bis zur Lautlosigkeit dämpfte. So legten sie eine Wegstunde nach der anderen zurück.

Als die Sonne ihre grösste Kraftentfaltung erreicht hatte, hielt das Gespann, um zu rasten. Der Schimmel rupfte genüsslich das saftige Gras, während sein Herr sich aus seinen Vorräten eine Mahlzeit bereitete.

Nach dem Essen reckte sich der hochgewachsene Fremde. Seine langen weissen Haare, eine Farbe, die so gar nicht zu einem scheinbar jungen Mann passen wollte, waren zu einem Pferdeschanz gebunden, und seine Augen hatten eine ungewöhnliche honiggelbe Farbe. Die Kleidung bestand aus einem hellbraunen Wildlederwams, das bis zur Mitte der Oberschenkel reichte, und halbhohen ebenfalls hellbraunen Schaftstiefeln. Ausser einem kurzen Dolch, den der Mann beim Essen benutzt hatte, schien er keine Waffen zu tragen.

Pferd und Reiter machten sich wieder auf den Weg. Am späten Nachmittag tauchte am Horizont eine Erhebung auf - die erste Abwechslung seit

Tagen. Später, als die Sonne bereits im Untergehen begriffen war, war die Erhebung zu einem grossen Hügel angewachsen, dessen Krone von einer Festung geschmückt wurde. Hohe, starke Türme ragten auf, verbunden durch zinnenbewehrte Mauern. Hin und wieder sah der Reiter die Helme der Wachen, die auf den Wehrgängen patrouillierten, im Licht der Abendsonne aufblitzen.

Der Reiter hielt an und klopfte seinem Schimmel den Hals. „Hier, mein treuer Freund Arkon, werden wir übernachten." Bald darauf ritt er den gewundenen Pfad zum Burgtor hinauf.

„Halt! Wer seid Ihr und was wollt Ihr?", schallte es ihm entgegen, als sie das Tor erreicht hatten. Der Fremde richtete sich im Sattel auf.

„Ich bin Heymar, ein Barde, ein fahrender Sänger, und bitte um ein Quartier für die Nacht."

Der Hauptmann der Wache bellte einen Befehl und das schwere Tor wurde geöffnet. Heymar ritt in den Burghof und stieg ab. Bevor ein Stallknecht seinen Schimmel wegführen konnte, nahm er seine Laute und ein langes schmales Fellbündel an sich. Ein älterer Mann in einfachen Gewändern kam auf Heymar zu und verbeugte sich.

„Mein Name ist Gantvil. Seid willkommen! Ich hörte bereits, dass Ihr Heymar, der fahrende Sänger seid. Gestattet mir, dass ich Euch Euer Zimmer zeige."

Der Mann mit den grauen Haaren und dem offenen Gesicht verbeugte sich abermals und ging voraus. Heymar folgte ihm. Auf dem Weg wunderte er sich, dass ein Mann von derart edler Haltung und höfischem Gebaren, ein Diener war.

Sie stiegen mehrere Treppen empor, gingen einen langen Gang entlang und blieben schliesslich vor einer mit Schnitzereien verzierten Tür stehen. Gantvil öffnete und liess Heymar den Vortritt. Der sah sich überrascht um, denn der Raum war sehr kostbar eingerichtet.

„Gefällt es Euch, Herr?", fragte der alte Mann. Heymar nickte erfreut. „Ja, sehr. Ein fahrender Sänger muss meistens mit weit weniger vorlieb nehmen."

Gantvil verbeugte sich. „Meine Tochter wird gleich kommen und Euch nach Euren Wünschen fragen." Damit wollte er sich verbeugend zurückziehen.

„Herr Gantvil!" rief Heymar ihm nach. „Ja, Herr." „Ich danke Euch sehr für Eure Mühe und Eure Besorgtheit um mein Wohlergehen!"

In den Augen des alten Mannes erschien ein Leuchten. „Ihr seid sehr freundlich zu einem Diener, Herr!" Die Tür schloss sich.

Heymar war gerade dabei, sich umzuschauen, als er ein leises Klopfen an der Tür vernahm. Auf sein „Nur herein!" betrat eine junge Frau den Raum. Sie hatte langes kastanienbraunes Haar und dunkelgrüne Augen und trug ein langes, schlichtes, dunkelgrünes Kleid, das perfekt zu ihrer Augenfarbe passte und ihre natürliche Schönheit dezent unterstrich. Einen Augenblick musterten sie sich gegenseitig. Dann sagte sie:

„Mein Name ist Karima, Tochter Gantvils, Ich bin hier, um Euch zu dienen." Sie kniete nieder und wartete mit demütig gesenktem Haupt auf Heymars Anweisungen. Doch irgendwie schien ihr Verhalten nicht zu ihr zu passen. Heymar zog die Augenbrauen zusammen und trat auf sie zu. Er nahm ihre kleine Hand und zog die junge Frau vom Boden hoch.

„Wer hat Euch befohlen, Euch so zu demütigen? Denn Ihr seid ganz offensichtlich nicht zum Dienen geboren, ebensowenig wie Euer Vater. Es braucht nicht viel, um das zu erkennen."

Da brach Karima in Tränen aus. „Mein Gebieter, der Herr Gorgoban, war es, der es mir befohlen hat." Und dann begann sie unter Tränen ihre Geschichte zu erzählen.

Ihr Vater, Herr Gantvil, war früher der eigentliche Herr von Danbor gewesen. Eines Tages tauchte jedoch Gorgoban mit seiner Gefolgschaft auf. Gorgoban, so sagte sie, sei ein Zauberer der Bruderschaft der Nacht. Er riss mit seinen magischen Kräften die Macht über Danbor an sich und machte alle, auch den Fürsten und seine Tochter, zu seinen Dienern. So mussten sie täglich neue Erniedrigungen über sich ergehen lassen. „...und nicht alle Gäste handeln so grossmütig wie Ihr, Meister Heymar!", schloss Karima ihre Erzählung.

Heymar war sehr nachdenklich geworden. Die junge Frau blickte ihn drängend an. „Verlasst Danbor so schnell wie möglich, bevor Euch etwas Schlimmes zustösst. Ihr wäret nicht der Erste...". Damit verliess Karima fluchtartig den Raum.

Heymars honigfarbene Augen schienen sich in glitzerndes Eis zu verwandeln. Nein, natürlich würde er Danbor keinesfalls verlassen. Im Gegenteil! Er würde hierbleiben und im Namen Adonias, der Göttin im Licht, seine Mission erfüllen.

Als Heymar später die Halle betrat, fiel ihm sofort die düstere Gestalt mit den bösen Augen auf. Das musste Gorgoban sein! Er war in schwarze Gewänder gekleidet, die an den Ärmeln und am unteren Saum mit silbernen Borten verziert waren. Sein stechender Blick durchbohrte den jungen Mann mit den weissen Haaren. Dieser verbeugte sich gelassen.

„Ich grüsse den Herrn von Danbor. Gestattet es einem einfachen fahrenden Sänger, für Eure Gastfreundschaft zu danken."

Gorgoban nickte kurz. Sein Gesichtsausdruck wurde um keinen Deut freundlicher. „Nun nehmt schon Platz", schnarrte er und wedelte mit seiner knochigen Hand desinteressiert in die Richtung des anderen Endes der Tafel. Heymar folgte der Aufforderung achselzuckend und legte seine Laute und das Fellbündel neben sich auf den Boden.

Das Mahl begann. Schwarzgekleidete Diener trugen Platten mit Fleisch und Brot sowie Krüge mit Wein auf. Heymar nahm die Gelegenheit wahr und sah sich um. Die Wände waren mit schwarzen Tuchen verhangen. Überhaupt war fast alles in Schwarz gehalten - das Tuch, welches die Tafel deckte, die Kleidung der Diener, der Bodenbelag, die Kleidung der anderen Gäste, die schweigsam an dem Mahl teilnahmen. Und über der Szenerie prangte an einer Wand ein grosses Wappen, auf dem in stilisierter Form eine Mondsichel abgebildet war. Auf dem Innenteil der Sichel waren einige geheimnisvolle Schriftzeichen in Silber aufgeprägt.

Erst jetzt wurde Heymar bewusst, wie sehr er in seinem hellen Wams von der restlichen Gesellschaft abstach. Er wandte seine Aufmerksamkeit dem Essen zu. Es war reichhaltig und schmackhaft, der Wein von erlesener Qualität. Als Heymar einmal aufblickte, sah er, dass Gantvil Wein in Gorgobans Kelch nachschenkte. Da passierte dem alten Mann ein Missgeschick. Wegen seiner offensichtlich vor Angst zitternden Hände spritzten ein paar Weintropfen auf Gorgobans Gewand.

Wütend sprang Gorgoban auf. „Du Tölpel", schrie er aufgebracht. In seiner Hand lag nun eine Peitsche aus geflochtenem Leder, mit der er wie von Sinnen begann, auf Gantvil einzudreschen. Sofort färbte sich das Gewand des alten Mannes blutig rot. Mit einem Aufschrei warf sich Karima, die bisher im Hintergrund gestanden hatte, zwischen Gorgoban und ihren Vater. Doch der Tyrann hielt in seinem raserischen Tun nicht inne. Mit einem Mal zog sich ein roter Striemen über das schöne Gesicht der jungen Frau.

Heymar griff nach seiner Laute, schnellte von seinem Sitz hoch und erzeugte eine derart schrille Dissonanz, dass sich ihm sofort die Aufmerksamkeit aller zuwandte.

„Herr Gorgoban!", rief er. „Es ziemt sich nicht, dass Ihr Euch angesichts Eures Dieners und dessen Tochter so gehen lasst!"

Zunächst sah es so aus, als ob Gorgoban mit der Peitsche nun auch noch auf Heymar losgehen wollte. Dann jedoch entspannte sich seine Gestalt, aber das gefährliche Funkeln in seinen Augen blieb.

„Vielleicht habt Ihr recht.", sagte Gorgoban mit erzwungener Ruhe. „Aber da Ihr gerade eure Laute zur Hand habt, spielt uns doch etwas vor." Damit nahm er wieder Platz. Gorgoban rollte die Peitsche auf und legte sie betont langsam vor sich auf den Tisch. Dabei liess er Heymar nicht aus seinen zusammengekniffenen Augen.

Heymar verbeugte sich leicht und griff in die Saiten. „Wie Ihr wünscht, Herr Gorgoban. So sei dies mein Dank für Kost und Logis."

Eine zauberhafte Melodie erklang. Ohne dass er dazu sang, war allen Anwesenden klar, welches Thema die Lautenklänge hatten. Sie erzählten von den ersten Strahlen der Sonne, die das Dunkel der Nacht vertrieben. Es erzählte von dem Sieg der Göttin im Licht über Dunkelheit und finstere Mächte...

Gorgoban sprang mit wutverzerrtem Gesicht auf. „Es war schon schlimm genug, als Ihr Euch vorhin eingemischt und das Gastrecht missbraucht habt, aber ein Loblied auf die gelbe Hure in der ‚Halle der Nacht' zu spielen, das ist Blasphemie! Ergreift ihn!"

Ein Trupp der Wache riss die Schwerter aus den Scheiden. Heymar hatte sich blitzschnell gebückt und sein Fellbündel aufgehoben. Als er es entrollte, sprang ihm ein Schwert förmlich in die Hand. Es war herrlich gearbeitet. Die Parierstange hatte die Form von Adlerschwingen und die Klinge war ganz aus einem leuchtend gelben Metall geschmiedet. Dies war Agila, das Schwert des Sonnenadlers, vor vielen Zeitaltern geschmiedet zum Ruhm Adonias, der Göttin im Licht.

Das Schwert strahlte und gleisste, und es schien, als ob selbst die schwarzbetuchten Wände erschrocken vor seinem Glanz zurückwichen. Auch die Wachen schraken zurück, aber die Angst vor Gorgoban, ihrem Herrn, war grösser. So drangen sie gemeinsam auf Heymar ein.

Ein hohes Sirren hub an, als Agila wie ein Sonnenstrahl die Luft zerschnitt. Die Wachen konnten dem flirrenden goldenen Stahl kaum folgen, als er in ihren Reihen wütete - und mit jedem Erschlagenen wurde das Leuchten immer stärker und das Sirren immer greller. Als dann die Angreifer alle tot oder verwundet auf dem Boden lagen, loderte Agila hell wie die Sonne selbst.

Gäste und Diener stürzten in Panik davon. Nur Gorgoban verharrte an seinem Platz. Nun stand er auf und trat hinter dem Tisch hervor. Kaum hatte er die Arme weit ausgebreitet, hüllte ihn augenblicklich ein Feld der Düsternis ein. Sämtliche Schatten der Halle schienen sich um ihn herum zu verdichten. Gorgoban näherte sich Heymar und mit ihm die dunkle Sphäre einer unnatürlichen Finsternis.

Heymar legte Agila auf die Fellhülle. Das Schwert hatte aufgehört zu lodern, aber dafür war das Leuchten auf seinen Besitzer übergegangen. Heymar stand im Licht - und der Finsternis gegenüber.

Magische Energien tobten in dem Raum zwischen den beiden Kontrahenten. Längst war niemand mehr in der Halle der Nacht, denn kein normaler Sterblicher hätte dieses Geschehen ertragen können, ohne dem Wahnsinn zu verfallen.

Gorgoban murmelte ununterbrochen schwarz-magische Formeln, um sein Nachtfeld aufrecht zu erhalten, während Heymar lediglich ein feuriges Symbol in die Luft zeichnete. Er wirkte weder angespannt noch verkrampft.

„Gorgoban", sagte er schliesslich, „Ihr wisst doch - Dunkelheit ist nur die Abwesenheit von Licht. Sobald das Licht erscheint, hat die Dunkelheit verloren." Heymar schwieg einen Augenblick und betrachtete seinen Widersacher, der mit stieren Augen versuchte, Dämonen der Finsternis herbeizurufen, dann fuhr er fort: „Und hier, Gorgoban, ist genug Licht, um Dunkelheit jedweder Art zu vertreiben!" Heymar zeichnete ein anderes feuriges Symbol in die Luft. Ein Glutball bildete sich, und sofort schoss ein gewaltiger Lichtblitz daraus hervor, zuckte, knisternd vor Spannung, in das Dunkelfeld des Zauberers. Gorgobans hagerer Körper schien plötzlich entblösst. Unter konvulsivischen Zuckungen, verursacht von der Entladung des Blitzes, wurde er zu Boden geworfen.

Heymars Lichtaura pulsierte nun wieder in ruhigem Rhythmus. Gorgoban konnte sich noch einmal hochraffen. Mit brüchiger Stimme stiess er hervor: „Nun erkenne ich, wer du bist. Aber du wirst dich nicht lange über deinen Sieg freuen können. Andere werden mir folgen, und an einem von ihnen wirst du scheitern, so wahr ich dem dunklen Gott diene! Verflucht seist du und die gelbe Hu...". Gorgobans Geist verliess seinen Körper, um im Reich der Verdammten vor seinen dunklen, grausamen Gott zu treten und Rechenschaft für sein Versagen abzulegen.

Heymar säuberte Agila und wickelte das Schwert wieder in seine Fellhülle. Dann griff er zur Laute und spielte eine zauberische Melodie, die das restliche Böse aus der Halle der Nacht vertrieb. Die Töne drangen durch die Mauern der Burg bis in den letzten Winkel und in die tiefsten Keller und nichts, was irgendwie mit Gorgoban in Verbindung gestanden hatte, konnte sich dem widersetzen. So wurde Burg Danbor von allem Übel gereinigt und geläutert.

Als Heymar sich am nächsten Morgen von Gantvil, dem alten und nunmehr neuen Herrn von Danbor, und von Karima verabschiedete, wollten diese ihn mit Geschenken überhäufen. Aber er lehnte ab: „Was soll ein fahrender Sänger mit solchen Reichtümern? Sie wären nur ein Ballast. Wenn Ihr mir schon Eure Dankbarkeit beweisen wollt, so nennt die ehemalige ‚Halle der Nacht' von nun an ‚Agilas Glanz'."

Gantvil nickte ernst: „Ja, Meister Heymar, so soll es geschehen!" Da trat Karima vor und sagte:

„Wenn Euch die anderen Geschenke nur behindern, so wird es dieses bestimmt nicht tun. Nehmt es als Erinnerung." Damit streifte sie ihr Halstuch ab und reichte es Heymar. Der nahm das dunkelgrüne Seidentuch entgegen, schaute es bedächtig an und band es schliesslich um den Hals seiner Laute.

„Ihr hättet mir kein schöneres Geschenk machen können, Dame Karima. Ich werde Eurer gedenken, wann immer ich Euer Tuch sehe." Heymar strich mit dem ausgestreckten Zeige- und Mittelfinger sanft über die Wange der jungen Frau, woraufhin der rote Striemen, den die Peitsche Gorgobans gezogen hatte, augenblicklich verschwand. Karima errötete und tastete an die Stelle, an der sie Heymar berührt hatte. Dann weiteten sich ihre schönen dunkelgrünen Augen voller Staunen, als sie bemerkte, dass die Wunde vollständig geheilt war.

Heymar hatte sich bereits in den Sattel geschwungen und winkte den beiden mit einem freundlichen Lachen zum Abschied. Arkon, das weisse Ross, stieg laut wiehernd auf die Hinterhand und jagte dann wie ein Wirbelwind durch das Burgtor und den gewundenen Pfad hinunter. Lange schaute Karima ihm von der Burgmauer aus nach. Heymar sah noch, wie ihr kastanienbraunes Haar im Morgenwind wehte. Dann stimmte er leise ein fröhliches Lied an und die Hufe seines windschnellen Schimmels trommelten den Takt, als er der aufgehenden Sonne entgegenritt.

Herbards Hütte

Die Ebene wurde immer mehr durch vereinzelte Felsen unterbrochen, die durch ihre Säulenform den Eindruck eines steinernen Waldes erweckten. Am Horizont zeichneten sich bereits die Konturen des mächtigen Alb-Gebirges ab.

Es war schon später Nachmittag und der Schimmel schritt kräftig und raumgreifend aus. Heymar wollte noch vor Einbruch der Nacht den Schutz der Berge erreichen. Er hatte bereits zweimal in der Ebene übernachtet und jedesmal waren Wölfe um sein Lager geschlichen. Ihr Heulen und die grünen Augen, die ständig phosphoreszierend aus der Dunkelheit leuchteten, hatten ihn kaum schlafen lassen. ‚Hoffentlich finde ich eine Höhle, die uns Schutz und Obdach bietet‘, dachte er. Arkon fiel aus dem Schrittempo in einen leichten Trab. Auch der Hengst fühlte sich unwohl in diesem steinernen Wald.

Adonia, die Göttin im Licht, sandte wie zum Abschied die letzten Strahlen der Abendsonne auf das Land. Das darauf folgende Abendrot machte die Landschaft allerdings noch unheimlicher, als sie es sowieso schon war, so dass der Schimmel unbehaglich schnaubte und sein Tempo weiter erhöhte. Heymar liess ihm die Zügel frei. Er verliess sich auf den Instinkt seines Pferdes.

Die Schatten wurden immer länger und Dunkelheit begann, sich langsam über das Land zu legen. Da erblickte Heymar in der Ferne ein schwaches Leuchten. Eine innere Stimme drängte ihn, zu der Lichtquelle zu reiten.

Als er noch etwa hundert Pferdelängen davon entfernt war, konnte Heymar die Umrisse einer kleinen Hütte erkennen, in der Licht brannte. Sie war kreisförmig von neun doppelt mannshohen, grob behauenen Steinsäulen umgeben, die jeweils etwa sieben Schritte Abstand voneinander hatten. Eine seltsame Laune der Natur?! Das Gespann näherte sich dem Kreis der Steinsäulen und der Hütte mit aller Vorsicht.

Plötzlich knisterte die Luft und eine blau-weisse Lichtkuppel, schillernd wie die Oberfläche einer Seifenblase, überspannte den Steinkreis. Arkon wich angstvoll wiehernd zurück, als die Steinsäulen auch noch in Bewegung gerieten. Sie blieben zwar auf ihren Plätzen, aber sie wanden und drehten sich wie Schlangen, die nach Beute züngeln. Wehe dem, der zwischen sie geriet!

Fasziniert beobachtete Heymar den Tanz der Steinriesen. So bemerkte er die Gestalt, die aus der Hütte getreten war, zunächst überhaupt nicht. Sie war in ein langes weisses Gewand gekleidet, das um die Hüften von einer roten Schärpe zusammengehalten wurde. Haar und Bart waren dunkel, aber viele weisse Strähnen zeugten davon, dass der

Mann die Mitte seines Lebens schon weit überschritten hatte. Nun rief er mit lauter, klarer Stimme einige seltsam klingende Worte und die Steinsäulen erstarrten wieder zu ihrer felsengegebenen Unbeweglichkeit. Die Lichtkuppel allerdings blieb!

Durch das Rufen war Heymar auf den Mann aufmerksam geworden. Während er sein Gegenüber genau betrachtete, nahm er seine Laute vom Sattelhorn und griff in die Saiten. Sanfte Akkorde erklangen und umspielten die Lichtkuppel. Das aggressive Leuchten der Kuppel wurde schwächer. An der Stelle, die Heymar am nächsten war, verblasste es ganz. Da trieb er seinen Schimmel mit einem leichten Schnalzen vorwärts. Sie erreichten die freie Stelle - und dann waren sie durch. Nichts war geschehen!

Der Mann hatte alles mit unbewegter Miene beobachtet. Jetzt bedeutete er Heymar mit einer knappen Geste, er solle ihm in seine Behausung folgen. Damit drehte er sich um und verschwand im Inneren der Hütte.

Heymar schwang sich aus dem Sattel und führte Arkon unter ein kleines Vordach der Hütte, wo eine braune Stute vor einer gefüllten Futterkrippe angebunden war. Er sattelte sein Pferd ab und nahm Laute und Fellbündel an sich. Bevor er die Hütte betrat, bemerkte er, dass die Lichtkuppel verschwunden war.

Das Innere der Hütte bestand aus einem einzigen grossen Raum und war einfach eingerichtet. Im hinteren Teil des Raums stand ein grob zusammengezimmerter Tisch. Dahinter hatte der geheimnisvolle Bewohner der Hütte inzwischen Platz genommen. Vor ihm lag aufgeschlagen ein grosses, in Leder gebundenes Buch, in dem er bei Kerzenlicht las.

Als Heymar vor ihn hintrat, blickte er auf. Seine eisblauen Augen strahlten Leben und Energie aus. Gleichzeitig lag die Art von Abgeklärtheit in ihnen, die nur grosser Weisheit entstammen kann. Heymar beantwortete die unausgesprochene Frage: „Mein Name ist Heymar, und ich bin ein fahrender Sänger. Ich sah das Licht hier und näherte mich deinem Heim in der Hoffnung, ein Quartier für die Nacht zu finden."

Der Alte nickte: „Wenn du mit einem Lager aus Stroh zufrieden bist, dann hast du ein Quartier gefunden. Mehr kann und will ich dir aber nicht bieten." Damit wandte er sich schroff erneut seiner Lektüre zu.

Heymars Blick verfinsterte sich. Er war zwar froh, eine Bleibe gefunden zu haben, aber die Art und Weise, wie er hier abgefertigt wurde, gefiel ihm ganz und gar nicht. Mit einem energischen Zugreifen seiner geistigen Kräfte klappte er das Buch mit einem Knall zu.

Der Mann erhob sich unwillig. „Was fällt dir ein?! Ist das der Dank für meine Gastfreundsch...?" Der zornige Gesichtsausdruck verschwand und machte ungläubigem Erstaunen Platz, als er sah, dass Heymar immer noch drei Schritte von seinem Tisch entfernt war. „Wie - wie hast du das Buch zugemacht?"

Heymar hielt den Blick des anderen mit seinen sonnenhellen Augen gefangen. „Nicht nur du beherrschst die Kunst, leblosen Dingen zu befehlen. Du solltest dir deine Gäste besser ansehen."

Langsam wich die Starre aus dem Körper des Alten. „Verzeih", sagte er, „aber es hat mir genügt zu sehen, dass du meinen Schutzwall aus Licht durchschritten hast, ohne Schaden zu nehmen. Das bedeutet, dass du nichts Böses im Schilde führst."

Heymar setzte sich auf die Tischkante. „Und nun sag mir, wie du heisst und wie und warum du in diese einsame Gegend gekommen bist."

Der Alte holte aus einer Nische eine Karaffe und füllte zunächst zwei einfache Becher aus gebranntem Ton mit Wein, die er mit zu einer Bank nahm, die an einer Seitenwand der Hütte stand. Mit einer Kopfbewegung forderte er Heymar auf, sich neben ihn zu setzen. Als sich Heymar auf der Bank niedergelassen und den Becher mit Wein entgegen genommen hatte, prosteten sie sich zu.

„Mein Name ist Herbard.", sagte der Alte, und dann bekam Heymar folgende Geschichte zu hören:

Herbard war bis vor nicht allzu langer Zeit im südlich des Alb-Gebirges gelegenen Lande Sinistan der Hohepriester der Göttin im Licht gewesen. Hikarios, der Herrscher von Montsin, der Hauptstadt Sinistans, war ihm und seiner Religion stets freundlich gesinnt und holte sich oft bei ihm Rat. Doch dann hatte sich das gute Verhältnis schlagartig verschlechtert. Hikarios hatte einen neuen Ratgeber - das Oberhaupt der Bruderschaft der Nacht.

Mirkos, so nannte dieser sich, war ein mächtiger Zauberer und gewann mit seinen dunklen Kräften immer mehr Einfluss auf den Herrscher. Schliesslich brachte er Hikarios so weit, die Priester der Adonia, der Göttin im Licht, mit dem Schwert zu verfolgen. Viele wurden getötet, bevor sie die neue Situation erfasst hatten. Die anderen wehrten sich verzweifelt mit ihrem Wissen um die Kräfte der weissen Magie. Aber hinter Mirkos stand eine übermächtige dunkle Gewalt, die ihm und seinen Gefolgsleuten schliesslich zum Sieg verhalf.

Nur er, Herbard, hatte fliehen können. Dies verdankte er seinem eigenen grossen magischen Wissen und Können. Herbard war nach Nordwesten geritten, in der Hoffnung, in Danbor eine neue Heimat zu finden. Doch Reisende hatten ihm unterwegs berichtet, dass auch in Danbor das Wappen der Mondsichel prange. Der Herr von Danbor, Gantvil, und seine Tochter seien nur noch Diener und müssten sich Tag für Tag schmählich erniedrigen lassen. Herbard hatte sich daraufhin hier am Fusse des Alb-Gebirges niedergelassen - weit genug von Danbor und weit genug von Montsin entfernt. Er hatte sich mit magischen Schutzvorrichtungen umgeben, mit denen Heymar bereits Bekanntschaft gemacht hatte, und seine Studien fortgesetzt, in der Hoffnung, eines Tages stark genug zu sein, der Bruderschaft der Nacht, die Stirn bieten zu können. Hier endete die Erzählung des ehemaligen Hohepriesters. Heymar hatte aufmerksam zugehört. Nun nickte er nachdenklich und zu Herbard gewandt, sagte er:

„Auch ich sehe eine grosse Finsternis auf uns zukommen, wobei Mirkos und seine Bruderschaft der Nacht, noch nicht einmal die grösste Gefahr darstellen. Aber Hoffnung besteht immer, solange das Licht der Göttin Adonia scheint!"

„Du brauchst mich nicht zu trösten, Meister Heymar, du bist noch jung und optimistisch. Doch die Bruderschaft der Nacht ist sehr mächtig und ihr dunkler Gott, der Herr der Finsternis, wird unsere Welt eines Tages ins Dunkel werfen. Nein, obwohl ich selbst bis zum letzten Atemzug gegen das Übel ankämpfen werde, glaube ich, dass keine Macht der Welt in der Lage sein wird, den Verderber und seine Helfershelfer zu besiegen."

„Wirklich?", Heymars Augen blitzten. „Vor drei Tagen habe ich Gorgoban, die grausame Geissel von Danbor, vernichtet und die Bösartigkeit, mit der er seine Umgebung verseucht hat, für immer aus den Mauern der Burg vertrieben. Gantvil ist jetzt wieder Herr seines Reiches und die ‚Halle der Nacht' heisst seit jenem Tag ‚Agilas Glanz', denn mein Schwert hat mit seinem strahlenden Licht geholfen, die Dunkelheit zu besiegen." Mit diesen Worten entrollte Heymar das Fellbündel. Das Schwert des Sonnenadlers schimmerte und gleisste und überstrahlte mit seinem Glanz das Kerzenlicht.

Herbard hielt es nicht mehr auf der Bank. Seine Hände zitterten. „Treib keine Scherze mit mir! Und wecke keine falschen Hoffnungen. Eine Enttäuschung wäre zu bitter und zu grausam!"

Heymar schwieg einen Augenblick. Dann bückte er sich und löste Karimas dunkelgrünes Seidentuch von seiner Laute. „Dies ist der einzige sichtbare Beweis, den ich dir bieten kann."

Herbard nahm das Tuch in seine Hände und hielt es an seine Stirn. Dann schloss er die Augen. „Ich spüre, dass dieses Tuch einer edlen Frau gehörte … das Tuch, gewebt in Danbor … erlittene Demütigungen, Angst und Schrecken … Befreiung von dunklen Mächten … grosse Erleichterung … Dankbarkeit, die dir gilt, und - nun ja...", Herbard verstummte. Sein Geist konnte die Gefühle, die dieses Tuch aufgenommen hatte, lesen wie ein Buch. Er nickte mehrfach und blickte dabei Heymar tief in die Augen. Als er versuchte, dessen Gedanken zu erforschen, zuckte er zurück und wurde totenbleich. Seine Stimme war leise, kaum zu vernehmen: „Keine Frage, dass du die Wahrheit gesprochen hast und - verzeih meinen Versuch...".

„Schon gut", unterbrach ihn Heymar. „Ich verstehe deine Vorsicht und deine Sorge, getäuscht zu werden. Wir müssen auf der Hut sein, denn der Feind ist heimtückisch und listenreich. Ich hoffe aber, dass du nun überzeugt bist." Heymar schenkte dem alten Mann ein offenes, freundliches Lächeln.

Der hatte sich inzwischen wieder erholt und lächelte ebenso freundlich zurück. „In der Tat, das bin ich. Soviel Licht kann in keinem menschlichen Geist wohnen, der etwas Böses im Schilde führt."

Später, als sie bei einem kargen Abendmahl zusammen sassen, erzählte Heymar seine Geschichte ausführlich. Herbard hing gebannt an seinen Lippen und stellte anschliessend noch viele Fragen. Dann begaben sie sich zur Ruhe.

Am nächsten Morgen verabschiedeten sich die beiden nach einem kleinen Frühstück mit trockenem Brot, ein wenig Käse und einem Becher Wein, der mit Wasser verdünnt war. Heymar sass schon im Sattel von Arkon, als Herbard sich noch einmal an ihn wandte: „Obwohl ich die Wahrheit ahne, nehme ich an, dass du mir im Augenblick keine nähere Auskunft über dich geben wirst? Und ich meine nicht den ‚fahrenden Sänger'…".

Heymar lächelte Herbard freundlich zu: „Eines Tages wirst du erfahren, was du wissen möchtest. Und dann kann es sein, dass ich deine Hilfe brauche. Bis dahin rate ich dir: geh nach Danbor. Man wird dich dort herzlich willkommen heissen. Und - sei wachsam! Halte dich bereit, Meister Herbard!"

Der alte Mann nickte ernst und entschlossen: „Wenn der Tag kommt, werde ich an deiner Seite sein, mit all meinem Wissen und Können! Das schwöre ich bei Adonia, der Göttin im Licht!"

Heymar nickte ihm noch einmal freundlich zu. Ein leichter Druck mit den Fersen, ein leises Schnalzen und der grosse Schimmel setzte sich mit einem freudigen Wiehern in Trab.

„Zum Bunten Huhn"

Am Trollpass, dem einzigen Weg über das Alb-Gebirge, lag ein kleines Bergdorf. Es bestand aus einer Ansammlung von Steinhäusern und der Gastwirtschaft „Zum Bunten Huhn", das mit Abstand respektabelste Gebäude am Ort. Um diese Jahreszeit herrschte in dieser Höhe schneidende Kälte. Das Gasthaus bot den Reisenden, die das Gebirge überquerten, Schutz, sowie natürlich Speis und Trank.

Die Gaststube des „Bunten Hahns" war durch Fakkeln hell erleuchtet, und ein prasselndes Feuer im offenen Kamin spendete wohltuende Wärme. Die Gäste konnten die Kälte für den Augenblick vergessen und sich dem Wein und den Frauen zuwenden, deren helles Auflachen von Zeit zu Zeit das Singen und Gemurmel, die den Raum füllten, übertönte.

Ein kalter Luftzug liess die Anwesenden zur Tür blicken. Aus der Ferne erscholl das Heulen hungriger Wölfe, die auf der Suche nach Beute waren. Ein Fremder trat ein und schloss mit der Tür das Wolfsheulen und den frostigen Luftzug wieder aus. Während er sich die Kälte aus den Händen rieb, musterten ihn die anderen Gäste eingehend und nicht ohne Misstrauen.

Der Mann mit den langen weissen Haaren trug unter einem Fellmantel ein helles Lederwams.

Seine Füsse steckten in halbhohen Schaftstiefeln. Unter den Arm hatte er ein langes, schmales Fellbündel geklemmt. Ausser einem kurzen Dolch schien er keine Waffen zu tragen. Als der Fremde sich umdrehte und dem fülligen Schankmädchen winkte, sah man eine Laute auf seinem Rücken hängen. Kaum hatte der Neuankömmling auf einem der freien Bänke im hinteren Teil der Gaststube Platz genommen, erlosch das allgemeine Interesse, und bald herrschte wieder das Durcheinander der Wirtshausgeräusche.

Der Fremde bestellte einen Krug Bier und eine Portion Rinderbraten mit Brot. Sein Bündel lag neben ihm auf der hölzernen Sitzbank, die Laute vor ihm auf dem Tisch. Seine hellen Augen wanderten im Schankraum umher und verweilten hier und da. Als sein Blick auf einen bulligen Söldnerführer fiel, der zusammen mit seinen Soldaten zechte und dabei grosse Reden schwang, musste er unwillkürlich grinsen. Der aber bemerkte das und meinte nun, das ‚unverschämte' Grinsen untergrabe seine Autorität. Die gedachte er nun wieder herzustellen. Etwas schwerfällig (er hatte schon einige Krüge Bier geleert) stand er auf und schob sich gewichtig auf den Tisch des Fremden zu. Dort angekommen, stemmte er sich mit beiden Armen auf den Tisch und stierte sein Gegenüber herausfordernd an.

„Du hältst dich wohl für was Besseres, wie?! Glaubst, du könntest dich über mich lustig machen, was?! Ha! Ausgerechnet über mich, Bardos, den Söldnerführer!" Beifall heischend drehte er sich zu seinen Männern um. Die gröhlten zustimmend und prosteten ihm mit ihren Bierkrügen zu.

Den Fremden schien die Anpöbelei völlig kalt zu lassen. Er griff nach seinem Bierkrug, um einen kräftigen Schluck zu nehmen. Da fasste Bardos nach vorn und hielt seine Hand unter das Trinkgefäss, so dass der Fremde es nicht absetzen konnte.

„Sauf aus!" grunzte Bardos. „Zeig, was du kannst!" Der Fremde zuckte nur mit den Schultern und trank. Bardos überzeugte sich davon, dass der Krug bis zur Neige geleert worden war und nahm dann erst seine fleischige Hand weg. Mit einem erneuten Lächeln bestellte der Fremde einen frischen Krug.

„Hmm, also trinken kannst du. Naja, wenigstens etwas," Bardos ärgerte es, dass er den anderen nicht lächerlich machen konnte. Inzwischen war das neue Bier gekommen. Der Fremde schob es Bardos hin.

„Ich bewundere deinen Mutterwitz, Bardos, grösster aller Söldnerführer! Das Bier geht auf meine Rechnung. Jetzt zeig, ob dein Magen genauso gross ist, wie dein Mund." Bardos konnte den Anspielungen nicht ganz folgen, aber er verstand sehr wohl, dass er herausgefordert wurde. Seine Säuferehre stand auf dem Spiel. Also setzte er an und liess das Bier in sich hineinlaufen.

Mit einer schnellen Handbewegung schlug der Fremde unter den Krug. Das Bier schwappte hoch und Bardos ins Gesicht.

„Vielleicht solltet ihr eurem Anführer mal einen Schlabberlatz schenken", wandte er sich an Bardos' Gefolgsleute, „Er sabbert beim Trinken." Die Soldaten lachten schallend und klopften sich auf die Schenkel. Die anderen Gäste johlten vor Begeisterung - welch ein Schauspiel!

Bardos dagegen wurde krebsrot im Gesicht. „Kerl, das sollst du mir büssen!" Damit riss er sein Schwert aus der Scheide und fuchtelte drohend damit in der Luft herum. Plötzlich hielt auch der Fremde ein Schwert in der Hand. Das Licht der Fackeln sammelte sich auf der Klinge, die aus einem seltsamen gelben Metall geschmiedet war. Er flankte über den Tisch und stellte sich den wilden Schlägen des Söldnerführers.

Doch kam es nie zum Aufprall der Klingen. Seltsamerweise glitten die heftigen Schwerthiebe des Bardos immer funkensprühend an dem gelben Stahl entlang und ins Leere. Bardos' Gesicht verfärbte sich vor Anstrengung, seine Wut stieg. Und der Fremde lachte ihn aus, hatte auch noch Spass an der Vorführung! Spielerisch handhabe der die schwere Waffe, die ein eigenes Leben zu führen schien. Dann - mit einer schnellen Finte - wurde

Bardos entwaffnet, und sein Schwert wirbelte kurz durch die Luft, um klirrend auf dem steinernen Boden zu landen. Die blitzende gelbe Klinge durchschnitt mühelos Bardos' Gürtel und der brauchte nun beide Hände, um seine Hose festzuhalten.

„Du sollst nicht von einem Namenlosen besiegt worden sein.", meinte der Fremde mit einem jungenhaften Lachen. „Mein Name ist Heymar, ich bin ein fahrender Sänger." Heymar hatte die Lacher auf seiner Seite.

„He, Wirt!", rief er. „Noch einen Krug für den tapferen Bardos!" Diese Geste der Versöhnung hellte Bardos' finstere Miene sichtlich auf. Er war von Natur aus nicht besonders nachtragend. Seine Hose mit einer Hand vor dem Abrutschen bewahrend, nahm er einen tiefen Zug aus dem Krug. „Hmm", brummte er und wischte sich mit dem Ärmel den Bierschaum vom Mund, „Wenn du mit deiner Laute genausogut umgehen kannst, wie mit dem Schwert, dann spiel' uns doch etwas vor." Beifallklatschen und zustimmende Rufe wurden laut. Der Wirt rieb sich die Hände. Gute Stimmung sorgte für guten Absatz.

Heymar wickelte Agila sorgfältig in das Fell und griff nach seiner Laute. Er setzte sich auf den Rand des Tisches und strich mit seinen Fingern über die Saiten. Eine fröhliche Melodie ertönte:

„Wilde Wölfe ringsumher ich fand
Und Kälte lauert über'm Land.
Doch Leute nehmt den Krug zur Hand,
Im ‚Bunten Huhn' schützt uns die Wand!

So lasset uns denn fröhlich sein,
Geniessen Frauen, Lied und Wein,
Bis wieder kommt der Sonne Schein
Und alle Ängste werden klein."

Die Gäste johlten und griffen das Lied erneut auf.

Heymar machte sich inzwischen über den Braten her, der schon fast kalt geworden war. Er war gerade mit dem Essen fertig, als zwei Männer die Gaststube betraten. Sie schauten sich suchend nach einem freien Tisch um.

Heymar stand auf: „Meine Herren, mir scheint, ihr seid auch fremd hier. Gesellt euch doch zu mir, dann sind wir unter uns." Die beiden nickten und nahmen an seinem Tisch Platz. Die anderen Gäste hatten ihre Gespräche eingestellt und begutachteten die Neuankömmlinge.

„He, Leute, was ist los?" rief Heymar ihnen zu. „Wo bleibt eure Fröhlichkeit? Schon im Havamal steht geschrieben ‚Jeglicher Held sei heiter und froh'", und setzte ganz leise hinzu, „bis dass der Tod ihn trifft." Dann spielte er die ersten Akkorde eines bekannten Trinklieds und schon sangen die Gäste laut, wenn auch falsch, weiter.

Die beiden Fremden hatten ihre Mäntel abgelegt. Es waren bemerkenswerte Gestalten. Beide gross und athletisch gebaut. Das war ihnen gemeinsam, aber dann begannen die Unterschiede. Der schlankere hatte langes dunkles Haar, das bereits von einigen grauen Strähnen durchzogen war. An seinem Gurt hing eine schlichte schwarze Scheide, in der ein Langschwert steckte.

Das Gesicht des anderen wurde von einem wirren roten Haarschopf und einem ebensolchen Vollbart umrahmt. Von den Seiten seiner dunklen Augen gingen Lachfalten aus und zeigten an, dass er im Unterschied zu seinem ernst wirkenden Begleiter ein eher fröhlicher Mensch war. Unter seinem hellgrünen Stoffwams zeichnete sich ein feingliedriges Kettenhemd ab. Ein breiter Dolch war, soweit man sehen konnte, seine einzige Waffe. Jedoch hatte er wie Heymar ein Bündel bei sich. Nur war es deutlich klobiger und schwerer.

„Nun, Spielmann", dröhnte der Rotbart mit einem kurzen Seitenblick auf die Laute, „wie heisst du?"

Heymar machte eine leichte Verbeugung. „Ich bin Heymar und - wie du richtig erkanntest - ein fahrender Sänger."

„So!", brummte der Rotbart. „Also, ich heisse Widulf und das ist Lodur." Dabei machte auch er eine Verbeugung, die allerdings etwas linkisch ausfiel.

Als das Essen für die beiden kam, machten sich die Neuankömmlinge heisshungrig darüber her. Heymar war sichtlich verblüfft, welche Mengen der Rotbart vertilgte - sowohl an Festem als auch an Flüssigem. Zum Schluss wischte der sich den Mund ab und brummte zufrieden.

„Nun, du singender Vagabund, spiel uns doch noch etwas vor. Das Bier schmeckt bei fröhlichen Klängen um einiges besser!"

Heymar nickte, aber seine Stimme klang ernst: „Diesen Gefallen will ich dir gerne tun, nur ist seit einiger Zeit die Zahl der lustigen Lieder klein geworden."

Über Widulfs polternde Fröhlichkeit schien ein Schatten zu fallen und sein Gefährte zog die dichten schwarzen Augenbrauen zusammen. Bevor sie jedoch etwas erwidern konnten, fuhr Heymar fort: „Aber für dich, mein Freund, werde ich schon noch eins finden."

Als die ersten Lautentöne erklangen, wich der Schatten vom Gemüt der beiden Reisenden, und sie lauschten den Worten des Liedes:

„Glücklich, wer an Tischen sitzt,
Reichgedeckt mit Fleisch und Wein.
Glücklich, wer beim Essen schwitzt
Und die Arbeit lasset sein..."

Auch die anderen Gäste waren aufmerksam geworden, stellten ihre Gespräche ein und hörten aufmerksam zu. In der neu entstandenen Stille fuhr Heymar fort:

„Lieder, Frauen, Gläserklirren
Erfreu'n das Herz des Vagabunden.
Denn, wenn Weiber fröhlich girren,
Ist die Trübsal schnell verschwunden."

Die Leute klatschten Beifall und wandten sich wieder ihren Unterhaltungen zu.

Heymars Finger glitten immer noch über die Saiten, aber die Akkorde waren nun so leise wie ein Windhauch und klangen auch gar nicht mehr fröhlich.

„Das Lied hat noch eine Strophe!" Er senkte seine Stimme, und sein Singen war eher wie ein Flüstern:

„Am Weltenbaume frisst der Drachen.
Bald beginnt der abzusterben.
Heil'ges Feuer muss der Held entfachen,
Um den Drachen zu verderben."

Lodur und Widulf starrten ihn ungläubig an. Das waren die Worte, die sie am Steinkreis vernommen hatten! Der Rotbart kniff ein Auge zu: „Vagabund, he? Spielmann, was? Fahrender Sänger, hoppla! Woher weisst du von diesen Versen?" Misstrauen schwang in seinen Worten mit. „Du weisst und bist mehr, als du vorgibst!"

„Nun, was das angeht, so steht ihr mir in nichts nach. Denn, Herr Schmied, dein Hammer ist unwürdig verpackt und den Amboss, den er treffen soll, will auch ich schlagen. Und du, schweigsamer Wanderer, deine Sinne sehen mehr, als es die Augen von Sterblichen je könnten... Wollt ihr noch mehr hören?"

Lodur, der Schweigsame, sprach zum ersten Mal. Ein leises Lächeln umspielte seine Lippen. Es war ein freundliches Lächeln, das sich in seinen eisgrauen Augen widerspiegelte.

„Du hast wahr gesprochen, Meister Heymar, und wenn du uns begleiten willst, so heisse ich dich in unserem Bund als Dritten willkommen. Mein Herz sagt mir, dass es gut sein wird, dich an unserer Seite zu haben, wenn der Tag kommt, an dem wir dem ‚Drachen' begegnen, wer oder was das auch immer sein mag."

Widulf sah seinen Begleiter erstaunt an, aber er beugte sich Lodurs Beschluss; denn er wusste um dessen Fähigkeit, in die Herzen anderer Menschen zu blicken. Trotzdem konnte er es sich nicht verkneifen anzumerken: „Ich habe nichts dagegen, ab und zu von einem Lied aufgeheitert zu werden. Nur bezweifle ich, ob du uns darüber hinaus nützlich sein wirst. Das, was uns erwartet, wird sich schwerlich mit einer Laute erschlagen lassen."

Heymar hatte die indirekte Frage wohl herausgehört. Er lachte. „Herr Schmied, dir liegt Verstellung und Ränkespiel nicht. Es steht dir besser, den direkten Weg zu gehen und deine Fragen direkt zu stellen. Doch sieh her!"

Mit diesen Worten entrollte Heymar sein Fellbündel und Widulf sah nun das Schwert mit der sehr scharfen Klinge und den Adlerschwingen als Parierstange. Lodurs Blick wurde von dem blitzenden gelben Metall wie mit magischer Gewalt angezogen.

„Das, meine Freunde, ist mein Schwert Agila." Die Worte Heymars liessen vor Lodurs innerem Auge die Vision neu entstehen, deren Sinn ihm immer rätselhaft geblieben war: Er, Lodur, hatte auf dem Gipfel eines hohen Berges gestanden. Um ihn herum wogten dunkle Nebelschwaden. Doch dann brach ein Lichtstrahl durch die Dunkelheit, zerschnitt das Gespinst der Nebel, und er hatte Worte einer alten, vergessenen Sprache vernommen: ,Atha Gibor Leolam Adonia!' An diese Worte musste er jetzt denken. „Ja", murmelte er, „A-tha GI-bor L-eolam A-donia - AGILA!"

War das ein Zufall? Seine Augen trafen die Heymars, und da wusste er, dass er sich nicht irrte. Denn die seltsamen gelben Augen Heymars durchschnitten die Nebel seiner Versunkenheit, wie es einst jener Lichtstrahl mit den dunklen Nebelwolken in seiner Vision getan hatte. Die Augen seines Gegenübers nahmen auf einmal Lodurs gesamten Gesichtskreis ein. Dann, als ob ein dunkler Schleier von den Worten genommen würde, wusste Lodur plötzlich, was der Satz bedeutete: Atha gibor leolam Adonia - Du bist in Ewigkeit mächtig, Adonia, Göttin im Licht!

Nur langsam konnte Lodur seine Benommenheit abschütteln. Heymar hatte sich inzwischen wieder in den fahrenden Sänger verwandelt, der mit Widulf ein amüsantes Wortgefecht führte.

Lodur aber blieb den Abend über schweigsam.

Die Roten Falken

Drei junge Männer hetzten ihre braunen Hengste über eine holprige Handelsstrasse Sinistans. Den Pferden war ihre Müdigkeit deutlich anzumerken, aber es waren Tiere von edler Abstammung und so liefen sie auch dann noch weiter, wo andere Pferde längst zusammengebrochen wären.

Die Gesichter der Reiter waren grimmig und verschlossen. Harte Linien hatten sich trotz ihrer Jugend in sie eingegraben. Der Ausdruck ihrer Augen verhiess nichts Gutes. Wehe dem, der ihr Feind war; denn diese drei waren keine anderen als Rogan, Kerril und Darelock aus dem alten Geschlecht derer von Kendaron, das den roten Falken im Wappen trug.

In ihren Gedanken war nichts als Rache. Noch allzu deutlich hatte sich das Bild ihres toten Vaters in ihr Gedächtnis eingeprägt. Falcon von Kendaron war ein weiser und gerechter Fürst gewesen - gütig zu denen, die rechtschaffen waren, aber streng und unnachsichtig gegenüber denjenigen, die sich eines Verbrechens schuldig gemacht hatten.

Er verehrte Adonia, die ihr Licht auf ihn fallen liess und ihm ein langes erfülltes Leben schenkte. Doch dieses Leben wurde jäh und auf grausamste Weise beendet.

Um ein Exempel an einem hochrangigen Adonia-Verehrer zu statuieren, waren Priester der Bruderschaft der Nacht in die Burg von Kendaron eingedrungen und hatten im Burghof einen grossen magischen Ring gebildet, den niemand ausser ihnen betreten konnte. Mit einem bösen Zauber zitierten sie Falcon in diesen Ring, wo sie ihn vor den Augen der hilflosen Gefolgschaft folterten, bis er Erlösung in den Armen des Todes fand.

„So soll es all denjenigen ergehen, die sich zu der gelben Hure bekennen. Ihr habt gesehen, dass diese vermeintliche Göttin im Licht tatenlos zugesehen hat, wie ihr Verehrer gefoltert und getötet wurde."

Die klauenartigen Finger des Sprechers umkrallten einen schwarzen Stab, auf dessen Spitze sich eine schmale silberne Mondsichel befand. Die Kapuze des langen schwarzen Gewandes war zurückgeschlagen und enthüllte einen kahlen Schädel mit einem bleichen, hohlwangigen Gesicht, in dem heimtückische Augen funkelten.

„Nur der dunkle namenlose Gott der Finsternis allein darf verehrt werden! Dafür werden wir sorgen, wir - die Bruderschaft der Nacht, so wahr ich Mirkos, ihr Oberhaupt bin!"

Nach diesen drohenden Worten senkte er seinen Stab, drehte sich mit ihm einmal im Kreis - und dann war der ganze Spuk verschwunden. Nur die geschundene Leiche des Fürsten war zurückgeblieben. Sie sollte als Warnung dienen.

Die Söhne des Herrn von Kendaron hatten sich zu dieser Stunde an der Seite des Königs von Mirstaj befunden und kämpften mit ihm und seinem Heer gegen das Reitervolk der Oststeppen, das sich aus unerklärlichen Gründen gegen die Grenze des Landes warf. Doch die Steppenreiter wurden besiegt und zurückgeschlagen und Mirstaj war gerettet.

Die Rückkehr der Roten Falken, wie man die drei Brüder nannte, hatte sich jedoch nicht zu einem Triumphzug gestaltet, sondern zu einem Trauerzug, an dessen Ende der Sarg ihres toten Vaters stand.

„Nein", hatte Bergunt, der Verwalter der Burg, gesagt, als die Drei den Wunsch äusserten, ihren Vater noch einmal sehen zu können, „Glaubt mir, junge Herren, Ihr solltet Euch diesen Anblick ersparen. Behaltet Euren Vater in Erinnerung, wie Ihr ihn zuletzt gesehen habt!" Rogan, Kerril und Darelock schwiegen eine Weile. Dann sahen sie sich an und nickten mit zusammengepressten Lippen. Darelock sprach: „Ihr seid ein besonnener Mann, Meister Bergunt, und Ihr werdet einen triftigen Grund haben, uns abzuraten. So soll es also sein, wie Ihr gesagt habt."

Nachdem ihnen Bergunt, von dem tragischen Vorfall berichtet hatte, gaben die Roten Falken ihm alle Vollmachten, schwangen sich auf ihre braunen Hengste und machten sich noch in der Dämmerung auf den Weg nach Montsin, der Hauptstadt Sinistans, wo sich der Tempel der dunklen Bruderschaft befand.

Die dritte Nacht seit dem Aufbruch der Söhne Falcons sandte nun ihre Vorboten ins Land. Es war Neumond, so dass die drei Rächer gezwungen waren, einen Platz zum Lagern zu suchen. Sie konnten es nicht riskieren, dass sich eines der Pferde auf der schlechten Strasse ein Bein brach. Auch hatten die Tiere eine Ruhepause dringend nötig.

Links neben der Strasse fanden sie eine kleine Lichtung, wo eine Quelle unter einem übermannshohen Findling hervorsprudelte. Sie sattelten die Pferde ab und entfachten ein kleines Feuer, an dem sie Fleischstücke brieten. Gegessen hatten sie schnell. Wirklichen Appetit aber hatte keiner von ihnen.

Rogan, der Jüngste, brach das Schweigen: „Morgen werden wir Montsin erreichen." Darelock, Falcons Erstgeborener, nickte düster: „Ja, die Stunde der Rache ist nahe."

„Aber es ist fraglich, ob es dazu kommen wird, die Mörder zur Rechenschaft zu ziehen. Wir sind nur zu dritt. Ich sage euch, es wäre besser gewesen, einen Trupp Bewaffneter mitzunehmen", warf Kerril ein.

Darelocks Stimme klang verbittert, als er antwortete: „Als unser Vater ermordet wurde, umgab ihn seine gesamte Leibgarde, die Elite unserer Soldaten. Konnten sie ihm etwa helfen? Nein, hier sind andere Kräfte im Spiel. Aber, wenn Adonia uns beisteht, ...".

„Hah! Und warum hat sie unserem Vater, ihrem treuen Diener, nicht beigestanden?!", fuhr Rogan auf.

Da erklang eine Stimme wie aus dem Nichts: „Die Gedanken und Wege der Götter bleiben uns Menschen oft verborgen, aber seid gewiss - wenn die Göttin im Licht ein Unrecht zuliess, dann nur, um ein grösseres zu verhindern."

Schon bei den ersten Worten hatten sich die Falken von der noch glimmenden Glut des Feuers weggerollt. Nun standen sie breitbeinig, die Rükken gegeneinander gekehrt im Dunklen. Nur die Sterne sorgten für ein wenig Licht, das sich auf kurzen gekrümmten Schwertern spiegelte, von denen jetzt jeder der Drei zwei in den Fäusten hielt.

Drei zu allem entschlossene, kampferprobte Männer und sechs rasiermesserscharfe Klingen! Wenn derjenige, der gesprochen hatte, böse Absichten hegen sollte, würde er eine üble Überraschung erleben. Zwar liessen die Worte nicht auf einen Überfall schliessen, aber die Drei befanden sich im Feindesland, und bei ihren Gegnern mussten sie mit allem rechnen.

Da ertönte ein belustigtes Lachen, das auf irgendeine Weise etwas senil klang, und eine seltsame Erscheinung trat hinter dem grossen Findling hervor. Der Mann näherte sich, bis er nah an der Glut des Feuers stand, so dass er einigermassen erkennbar war.

Die Falken erblickten eine grosse, sehr dürre Gestalt. Das zottelige weisse Haar war ungekämmt, und an dem spitzen Kinn hing ein strähniger Ziegenbart. Unter der vorspringenden, scharfen Hakennase bildeten ein paar Haarbüschel so etwas wie einen Oberlippenbart. Über den listig blinzelnden Augen wucherten dichte weisse Brauen. Der Mund bildete einen schmalen Strich, war aber im Augenblick spöttisch verzogen. Ansonsten fand man wohl keine Stelle im Gesicht, die nicht verrunzelt gewesen wäre. Die Kleidung bestand aus einer Kutte, die wohl irgendwann weiss gewesen sein mochte. Zur Zeit konnte man allerdings nur Vermutungen darüber anstellen; ebenso über die Farbe des Kapuzenumhangs, der zusätzlich ein paar Löcher aufwies. Ein kräftiger Wanderstab schien neben einem kurzen sichelförmig gebogenen Messer, das in seinem speckigen Ledergürtel steckte, seine einzige brauchbare Waffe zu sein.

Darelock sprach als Erster: „Sag', wie ist dein Name? Und vor allen Dingen - bist du allein?"

Der Alte hob den knochigen Zeigefinger und blickte äusserst verschmitzt. „Nein, nein, Durix ist nicht allein. Dort im Gebüsch lauert meine Leibgarde." Die Falken traten näher, aber sie hielten ihre Schwerter wachsam erhoben. Rogan streckte das Schwert in der rechten Hand vor und zeigte mit ihm auf das Gebüsch. „Also", brauste er auf, „dann lass' deine Gefolgschaft endlich anrücken! Wir haben schon genügend Zeit unnütz vertan. Bringen wir die Sache hinter uns, wir haben noch Besseres zu tun."

Durix schüttelte missbilligend seinen Kopf. „Der junge Herr ist zu ungeduldig. Das ist gar nicht gut. Aber wie ihr wollt." Er drehte sich um und rief: „He, sitzt ihr auf den Ohren? ‚Anrücken' hat der junge Herr gesagt."

Im Gebüsch knackte es und dann - betrat ein Prachtstück von einem klapprigen Maulesel die Lichtung. Hinter ihm zog ein junger Mann einen kräftigen Grauschimmel am Zügel aus dem Unterholz. Durix wandte sich den dreien wieder zu, kreuzte die Arme über der Brust, den Wanderstab mit einschliessend, und funkelte sie triumphierend an.

Die Falken waren verblüfft. „Ist das alles?" platzte Rogan heraus.

„Alles? Genügt euch das nicht?" Der Alte verzog beleidigt sein Gesicht. „Sabu, hast du das gehört?" wandte er sich an den Maulesel, der aufmerksam die Ohren spitzte und dann mit dem Kopf nickte.

Jetzt konnten die drei Fürstensöhne nicht anders. Ihr Schmunzeln ging in ein befreiendes Lachen über, in das Durix einen Moment später miteinstimmte. Sabu tat es ihm nach und wieherte lauthals. Nur der junge Mann mit den schwarzen gelockten Haaren blieb ernst.

Kurz darauf setzten sie sich alle an das wieder entfachte Lagerfeuer. Kerril erhob sich jedoch noch einmal, murmelte etwas von ‚nach den Pferden sehen' und entfernte sich aus dem Lichtkreis des Feuers.

Es dauerte einige Zeit, bis er wieder zurück war. Als Darelock sein kurzes Nicken sah, wusste er, dass alles in Ordnung war und sich sonst niemand im Gebüsch versteckt hielt. Die beiden Männer waren wirklich allein gekommen!

Marco, wie Durix' Begleiter hiess, hatte die kurze Verständigung sehr wohl bemerkt, aber er tat, als ob es ihm entgangen wäre. Er wusste selbst gut genug, dass man in diesen Zeiten keinem Fremden trauen durfte.

Nachdem nun die letzten Zweifel ausgeräumt waren, entwickelte sich zwischen Durix und den Fürstensöhnen ein lebhaftes Gespräch. Neuigkeiten wurden ausgetauscht, und zuletzt erlebten sie eine Überraschung.

Schwert und Magie

Die Roten Falken betrachteten den wortkargen Marco nun mit anderen Augen. Wie sie war er ein Fürstensohn, Thronerbe von Éspan, einem Land im Südwesten Asturias. Und wie sie hatte er seine Eltern durch die Diener des dunklen Gottes verloren. Nur hatte er dem ersten Impuls, Rache zu nehmen, nicht nachgegeben. Marco hatte erkannt, dass Schwerter gegen diese Art von Gegnern wenig bis nichts ausrichten konnten. Da waren andere Kräfte im Spiel!

Also hatte er sich mit einem Kauffahrer-Schiff nach Norden begeben. Er hatte von Reisenden gehört, dass dort auf einer küstennahen Insel Durix lebte. Dieser sei ein Mitglied der ‚Weissen Loge‘, der die Meister der weissen Magie angehörten. Von Durix wollte er die geheimen Künste lernen, um mit deren Hilfe seine Rache ausführen zu können.

An dieser Stelle von Marcos Erzählung hatte sich Durix eingeschaltet: „Der Grünschnabel hatte sich das viel zu einfach vorgestellt. Dachte er doch, ich bräuchte ihm nur ein paar ‚Zauberformeln‘ beizubringen und schon könnte er losziehen und seine Feinde in den Boden stampfen."

Durix hob in gespielter Verzweiflung die knochigen Arme und verdrehte dabei die Augen.

„Bei Keri und Chamosi, wie will ein Mensch die Hohe Kunst der Magie erlernen, wenn er statt eines Gehirns eine Waffensammlung im Kopf hat."

Marco lächelte leicht. Er kannte die pathetische und hochtrabende Sprache des alten Magiers inzwischen zu gut, um ihm derartige Äusserungen übel zu nehmen.

Durix liess die Arme wieder sinken. Mit einem überlegenen Funkeln in den Augen reckte er den Kopf, so dass der spärliche Ziegenbart zitterte. Er verlieh seiner Stimme nun einen besonders gewichtigen Klang:

„So beschloss ich in meiner grenzenlosen Güte und bestimmt durch meinen unvergleichlichen Gerechtigkeitssinn, diesen unfähigen Zauberlehrling zu begleiten, um ihn nicht in sein Verderben rennen zu lassen. Und ihr drei könnt ebenfalls den Wächterinnen des Schicksals danken, dass ihr mich als Beschützer gefunden habt!"

Die kampferprobten Söhne Falcons konnten sich ein Grinsen nicht verkneifen, woraufhin Durix die buschigen Brauen tief herunterzog und sich in einer beleidigten Miene gefiel.

„Bah!" rief er und spuckte aus. „Mir scheint, auch ihr habt nur geschliffenen Stahl im Schädel."

„Weniger im Kopf, alter Giftmischer, als vielmehr in den Fäusten!", rief Rogan ungestüm, wie es so seine Art war. Er war aufgesprungen und hielt, ohne dass man gesehen hatte, wie er sie gezogen hatte, seine beiden Krummschwerter in den Händen. Rogan liess die scharfen Klingen wirbeln wie ein Gaukler seine Keulen. Zum Schluss warf er die Schwerter in die Luft, wo sie sich kreisend umeinander drehten. Das Lagerfeuer zauberte flirrende Reflexe auf den Stahl. Und dann riss Rogan ungläubig die Augen auf.

Gerade wollte er seine Schwerter geschickt auffangen, um seine martialische Darbietung abzuschliessen, als sie sich plötzlich in zwei weisse Tauben verwandelten und schnell vor seinen Händen davonflatterten. Wenige Augenblicke später sassen sie leise gurrend auf den Schultern des weissmähnigen Magiers.

Rogan trat auf ihn zu: „He, Alter, was ist das denn für eine Teufelei?"

Durix grinste verschmitzt und hob belehrend einen Zeigefinger: „Erkenne, mein ungestümer Freund, dass die Magie des Schwertes dem Schwert der Magie unterlegen ist." Ein meckerndes Lachen folgte, das den Bart erzittern liess.

Rogan lief rot an und holte tief Luft. Darelock stand schnell auf und legte seinem Bruder beruhigend die Hand auf die Schulter. „Ich glaube, du hast gerade eine wertvolle Lektion erhalten, kleiner Bruder."

„Lass mich!" Rogan schüttelte die Hand seines älteren Bruders unwillig ab und wandte sich wieder an Durix.

„Könnte ich jetzt dann meine Waffen wiederhaben, nachdem du deinen Spass gehabt hast?"

Durix nickte gönnerhaft. Auf ein unverständliches Wort hin flatterten die Tauben auf und flogen an die Stelle, wo sie aufgetaucht waren. Dort angekommen, wurden sie im Nu wieder zu Schwertern, die nun allerdings zu Boden fielen, weil Rogan ja nicht mehr dort stand. Unverständliche Flüche vor sich hinmurmelnd, stapfte Rogan dorthin und hob seine Schwerter vom Boden auf. Erst jetzt bemerkte er das unverschämte Grinsen seiner beiden Brüder. Auch Marco konnte sich ein vielsagendes Lächeln nicht verkneifen.

Als Rogans Blick jedoch auf Durix fiel, sah er ihn das erste Mal richtig. Alles Schrullige schien von ihm abgefallen zu sein. Er strahlte etwas aus, das Rogan irgendwie bekannt vorkam. Da traf ihn die Erinnerung wie ein Schlag. Durix hatte den gleichen gütigen, wenn auch vorwurfsvollen Blick wie sein Vater, wenn er, Rogan, etwas verbockt hatte.

Rogan senkte nachdenklich den Kopf, dann trat er vor den sitzenden alten Zauberer hin und ging in die Hocke, so dass sich ihre Augen auf gleicher Höhe befanden. Mit schräg gestelltem Kopf musterte Rogan Durix eine Weile intensiv, dann sagte er leise: „Letzten Endes bin ich doch froh, dass wir dich bei uns haben."

Durix nickte. „Unser Zusammentreffen ist sicher kein Zufall. Wir Fünf wurden durch den Willen der Göttin im Licht zusammengeführt. Denn so, wie das Schwert ohne Magie machtlos sein kann, ist es möglich, dass die Magie der Hilfe des Schwertes bedarf."

Danach wurde nichts Wesentliches mehr gesprochen und bald wurde es still auf der Lichtung.

Rogan hatte die erste Nachtwache übernommen. Es ging ihm noch so einiges durch den Kopf, was ihn nicht ans Schlafen denken liess.

Die schwarze Königin

Anambala, Herrscherin über das Volk von Juncananda, hatte vor einigen Tagen auf ihrem Thron im Königssaal von Juncanoo, der Hauptstadt des Landes, Platz genommen. Das Ebenholz des Throns war reich mit Schnitzereien verziert und seine Armlehnen bestanden aus den Stosszähnen eines Elefantenbullen.

Zu beiden Seiten wurde Anambala von ihrer Leibgarde flankiert, ihren besten Kriegern. Sie waren in Leopardenfelle gehüllt, an denen man den oberen Teil der Schädel gelassen hatte. Die Schädel sassen auf den Köpfen der Krieger wie Helme. Die scharfen Reisszähne blitzten vor den dunklen Stirnen und verliehen den Männern ein martialisches Aussehen.

Ihre ebenholzschwarzen Hände umspannten kräftige Speere mit langen Speerblättern, und die buntbemalten Schilde zeigten in ihrer Mitte auf dem Feld eines weissen Kreises Anambalas Familientotem - den Kopf eines zähnefletschenden schwarzen Panthers.

Anambala hob ihren Arm. Sofort begannen die Trommeln zu dröhnen, um die gutgesinnten Geister zu rufen und die bösen Dämonen zu vertreiben. Im Thronsaal hatten Würdenträger und Krieger einen grossen Kreis gebildet, in dem eine Gruppe von jungen Frauen begann, ihre schlanken

Körper geschmeidig zum Klang der Trommeln zu bewegen. Der flackernde Schein der Fackeln zauberte fantastische Lichtreflexe auf die Haut der Tänzerinnen und liess die Szenerie seltsam unwirklich erscheinen.

Die Trommelrhythmen wurden immer schneller, und der Tanz wurde immer ekstatischer. Immer wilder dröhnten auch die Trommeln, und die Tänzerinnen steigerten sich in einen Rausch. Das Weisse der weit aufgerissenen Augen stach aus den dunklen Gesichtern heraus, Augen, die starr in mystische Fernen blickten.

Der Wirbel der Körper und Trommeln steigerte sich, riss die Umstehenden mit, versetzte auch sie in Trance. Die Urkraft der Gefühle brach sich Bahn. Ekstatische Weltentrücktheit!

Und dann - auf dem Höhepunkt der Besessenheit - hielten die Hände der Trommler wie auf einen geheimen Befehl hin schlagartig inne. In der plötzlich entstandenen Totenstille sanken die Tänzerinnen zu Boden wie Marionetten, denen man die Fäden durchschnitten hatte.

Anambala hatte die ganze Zeit reglos wie eine Statue auf ihrem Thron verharrt. Nun erhob sie sich. Stolz war ihre Haltung - die einer wahren Königin.

Anambala war gross von Gestalt, hatte einen muskulösen und dennoch sehr weiblichen Körper. Man konnte sehen, dass sie nicht nur Königin, sondern auch eine durchtrainierte Kriegerin war. Ihre Bewegungen waren geschmeidig wie die einer Raubkatze, elegant auf eine wilde Art und Weise.

Nun hob sie den edel geschnittenen Kopf, der von einer wilden schwarzen Mähne gekräuselten Haars umrahmt wurde. Aller Augen richteten sich auf sie. Die Herrin von Juncananda würde sprechen!

Ihre Stimme, obwohl sie mit Bestimmtheit sprach, war dunkel und warm, fast hypnotisch:

„Hört, ihr Edlen meines Landes, und hört auch ihr meine tapferen Krieger! In der letzten Nacht sandte mir Rabunda-Adonia, die Göttin im Licht, ein Traumgesicht. Ich sah Asturia in Gefahr und in Dunkelheit versinken. Doch das war nur eine Vision, eine mögliche Zukunft, die die Göttin im Licht mir zeigte. Ihr erhabener Geist berührte den meinen und schenkte mir Hoffnung. Ihr Gesandter hatte sich erhoben und begonnen, Gefährten um sich zu versammeln, ausgewählte Menschen mit besonderen Kräften, die es mit der Bedrohung durch den Dunklen Gott aufnehmen konnten. Und mir ist eine hohe Ehre zuteil geworden. Die Göttin im Licht hat mich in diese Schar der Auserwählten und an die Seite ihres Gesandten berufen!"

Ein aufgeregtes Gemurmel brandete auf. Welche Ehre für ihre Königin, welche Ehre für das ganze Volk der Juncananda! Eine kurze Geste der Königin liess die Anwesenden verstummen.

„Hört, ihr Edlen meines Landes, und hört auch ihr, meine tapferen Krieger! Morgen früh werde ich mit dem ersten Licht der Sonne aufbrechen und nach Norden reiten, dorthin, wohin ich gerufen wurde und dorthin, wo ich gebraucht werde."

Diesmal unterblieb das Murmeln. Die Anwesenden sahen sich besorgt und fragend an.

„Ja, morgen werde ich euch, mein Volk und mein Land verlassen! Und wenn ich aufbreche, wird meine Tochter Obeahanda meinen Platz auf dem Thron von Juncananda einnehmen. Dient ihr so treu, wie ihr mir gedient habt, bis ich zurückkehre - *falls* ich zurückkehre. Wenn nicht, wird sie nach altem Brauch eure neue Königin sein, die Königin von Juncananda."

Obeahanda, die man mit gutmütigem Spott die ‚Kleine Pantherin' nannte, trat vor ihre Mutter hin. Die Ähnlichkeit zwischen den beiden Frauen war frappierend, und die Älteren glaubten, in ihr die verjüngte Anambala zu sehen. Allerdings hatte die ‚Kleine Pantherin' schon sehr kräftige Tatzen, und obwohl sie gerade erst ihr sechzehntes Lebensjahr erreicht hatte, wurde sie wegen ihres Mutes und ihres Geschicks im Umgang mit Speer und Schwert von den Kriegern hoch geachtet, während die Ältesten ihre reife Klugheit und Besonnenheit im Rat sehr schätzten.

„Meine Mutter und Königin!", sprach sie. „Wir wissen alle die Ehre zu würdigen, die dir und damit auch unserem Volk durch den Ruf der Göttin im Licht zuteil geworden ist. Aber aus allem, was du sagtest, geht hervor, dass du allein gehen willst.

Ich sehe ein, dass ich dich nicht begleiten kann, weil das Volk eine Herrscherin braucht. Und doch wäre es mein grösster Wunsch, an deiner Seite zu reiten. Aber - wenn das schon mir versagt ist, so nimm wenigstens einige deiner besten Krieger mit dir."

Zustimmende Rufe wurden laut und die Speerträger in den Leopardenfellen umringten Anambala in respektvoller Entfernung. Sie hoben die Speere und schlugen damit auf ihre Schilde, um ihre Kampfbereitschaft zu zeigen. Jeder einzelne von ihnen war bereit, für seine Königin im Kampf zu sterben.

Königin Anambala jedoch stand wie ein Fels in der Brandung.

„Ich verstehe deine Sorge, meine Tochter, und ich sehe mit Freude und Rührung die Loyalität und Zuneigung von euch allen. Aber diesen Weg muss ich alleine gehen - so lautete die Botschaft der Göttin im Licht!

Dennoch, haltet euch bereit. Es wird der Tag kommen, und er dürfte nicht mehr allzu fern sein, an dem auch euch der Ruf der lichten Göttin erreichen wird - euch alle! Dann, Obeahanda, meine geliebte Tochter, führe das Kriegsheer der Juncananda an den Ort, der dir gezeigt wird. Es wird der Ort des letzten Kampfes sein, der Kampf, der über das Schicksal von ganz Asturia entscheiden wird - Licht oder ewiges Dunkel! An diesem Tag sollen unsere Krieger in den ersten Reihen stehen und für die Zukunft Asturias und für Rabunda-Adonia, die Göttin im Licht, in die Schlacht ziehen!" Die letzten Sätze hatte Anambala mit erhobener Stimme gesprochen, und ihre Worte verfehlten ihre Wirkung nicht.

„Hiiaaah!! Hiiaaah, Juncananda!! Hiiaaah, Rabunda-Adonia!!", riefen die Anwesenden begeistert.

Die Krieger hoben ihre Speere, die Edlen ihre gewellten Schwerter und dann brachen alle in donnerndes Rufen aus:

„Hiiaaah, Anambala!!! Hiiaaah, Anambala!!! Hiiaaah, Anambala!"

Das rhythmische Rufen wollte kein Ende nehmen, und als die Trommler den Takt dazu schlugen, wurde es zu einem Schlachtgesang, wie ihn nur die urwüchsige Gefühlskraft dieses Volkes zustande bringen konnte.

Die Frau, der diese Ovation galt, stand wie eine Ebenholzstatue auf der Thronempore, die Arme über der Brust gekreuzt. Ihre Augen blitzten.

Ja, sie war stolz auf sie, auf ihr Volk, das Volk der Juncananda!

Die neue Gefährtin

Widulf schüttelte den Kopf so heftig, dass seine rote Mähne hin- und herschwang.

„Ich kann das einfach nicht glauben! Der fahrende Sänger, den wir in einer Spelunke getroffen haben, soll...? Nein, alter Freund, da musst du dich täuschen. Ich gebe zwar zu, dass er uns mit dem einen oder anderen erstaunt hat, aber dass er der...!"

Widulf brach ab und schüttelte wiederum den Kopf. Lodur strich sich das dunkle Haar mit den grauen Strähnen aus der Stirn. Er lächelte:

„Glaub mir", sagte er, „er ist derjenige, von dem die Stimme im Ring der Steinriesen gesprochen hat. Als ich im ‚Bunten Huhn' versuchte, in seinen Gedanken zu lesen, traf mein Geist für Bruchteile von Sekunden den seinen, und es war, als ob ich mit blossen Augen in die Mittagssonne geblickt hätte!

Aber das ist noch nicht alles. Ich erinnerte mich an eine Vision, in der ich auf dem Gipfel eines Berges Worte in einer alten, vergessenen Sprache vernahm: ‚Atha Gibor Leolam Adonia!' An diese Worte musste ich denken, als Heymar uns den Namen seines Schwertes verriet: AGILA - A-tha GI-bor L-eolam A-donia! Und dann wusste ich plötzlich, was der Satz bedeutete: ‚Du bist in Ewigkeit mächtig, Adonia!' Da wusste ich mit Gewissheit, wer er ist.

Niemand anderer kann ein Schwert wie dieses tragen!"

Widulf sprang temperamentvoll auf und wollte noch etwas erwidern, aber da legte Lodur die Hand auf die Schulter des Rotbarts: „Sieh dort!"

Widulf wandte sich um und folgte mit den Augen Lodurs ausgestrecktem Arm. Sein Blick kletterte den steilen Hügel hinauf und verharrte auf der Kuppe.

Dort hob sich die Gestalt Heymars silhouettenhaft von der strahlenden Vormittagssonne ab, die sich gerade über den Hügel erhoben hatte. Hochaufgerichtet stand er dort, und mit einem mal löste sich seine Gestalt auf und verschmolz mit dem goldenen Lichtkreis, wurde eins mit der Sonne.

Lodurs Stimme klang ernst, fast weihevoll, als er sagte: „Er und die Göttin im Licht sind eins!"

„Wahrhaftig, es ist der Gesandte der Göttin im Licht. Gepriesen sei Rabunda-Adonia!" Eine warme, dunkle Frauenstimme hatte die Worte in ihrem Rücken gesprochen. Widulf und Lodur fuhren herum.

Mit grossem Staunen blickten sie auf eine schwarzhäutige Frau, die in stolzer Haltung vor ihnen stand. Ihre dunklen Augen blitzten vor Aufregung. Widulf hob verblüfft seine buschigen Brauen. Ein schwarzer Mensch, noch dazu eine Frau, so gross wie er! Er hatte schon oft Erzählungen von den Ländern der Südsonne und von Menschen gehört, die eine Haut hatten, schwarz wie Kohle. Aber geglaubt hatte er die Geschichten nie. Lodur fing sich als erster:

„Wer bist du?", fragte er die Frau, die lautlos wie ein Geist in ihrem Rücken aufgetaucht war. Selbst seine besonderen Sinne hatten sich nicht gemeldet.

Die Angesprochene schien sie erst jetzt zu bemerken. „Ich wurde gerufen", sagte sie, noch immer geistesabwesend und überging die Frage, „und ich habe ihn gefunden, den Gesandten von Rabunda-Adonia." Dabei zeigte sie an Widulf und Lodur vorbei.

Heymar war unbemerkt den Hügel herabgekommen und näherte sich ihnen. Anambala, die von den Eingebungen ihres Herzens hierher geführt worden war, schritt auf Heymar zu und blieb zwei Schritte vor ihm stehen. Ihre Blicke trafen sich und hielten sich fest.

„Die Göttin im Licht hat mich zu dir gerufen, Gesandter von Rabunda-Adonia. Hier bin ich, bereit zu dienen."

„Für Anambala, die Königin der Juncananda, ziemt es sich nicht, zu dienen. Du wurdest als Freundin und Waffengefährtin gerufen, und ich bin wahrlich froh, dich an meiner Seite zu wissen! Ja, und nenne mich einfach bei dem Namen, den ich in diesem Zeitalter Asturias angenommen habe - Heymar."

Anambala ergriff die ausgestreckte Hand Heymars in Kriegermanier. Ihre Augen funkelten vor Stolz: „So soll es sein - Heymar! An deiner Seite, im Sieg oder im Tod!"

Widulf runzelte die Stirn. Sollte Lodur doch recht haben? Und, wenn ja, wie sollte er sich Heymar gegenüber verhalten, der sich als Gesandten einer Göttin offenbart hatte?

Nun wandte sich Heymar dem verlegenen Widulf zu: „He, Herr Schmied, ist dir das Frühstück nicht bekommen? Du siehst ein wenig blass aus um die Nase. Vielleicht hilft ein guter Schluck?" Damit holte er einen Weinschlauch vom Sattelhorn seines Schimmels und reichte ihn Widulf.

„In der Tat!", brummte dieser, nahm den Schlauch und liess einen kräftigen Strahl in seine Kehle fliessen. „Hah!", grunzte er, wieder ganz der Alte. „Gottgesandter oder nicht, auf jeden Fall bist du mir ein Freund und guter Kumpel!"

Die Männer lachten herzlich, doch das dröhnende Lachen Widulfs übertönte alle. Nur Anambala lachte nicht. Lediglich ein leises Lächeln umspielte ihre vollen Lippen.

Als die Gefährten wieder ernst geworden waren, machten sich auch Widulf und Lodur mit Anambala bekannt. Beide waren von der schwarzhäutigen

Herrin der Juncananda beeindruckt. Nicht nur, weil sie eine reife Schönheit war; es war auch ihre edle Haltung, die keinen Zweifel daran aufkommen liess, dass sie tatsächlich eine Königin war. Hinzu kam ihre exotische Erscheinung.

Anambala war in das Fell eines schwarzen Panthers gehüllt. Wie bei den Leopardenmänteln ihrer Krieger, hatte man den oberen Teil des Schädels am Fell gelassen, den sie nun wie einen Helm auf ihrem Kopf trug. Seitlich quollen Strähnen ihrer wilden schwarzen Haarmähne darunter hervor. Der aus Leopardenfell gearbeitete kurze Rock bot einen reizvollen Kontrast zu ihrer dunklen, ebenholzfarbenen Haut. Die langen schlanken, wohlgeformten Beine endeten in kurzen Schaftstiefeln aus weichem, sandfarbenem Leder. Am breiten schwarzen Gürtel trug sie links ein Schwert mit gewellter Klinge, auf der anderen Seite einen ebensolchen Dolch. Auf den Rücken war ein Köcher geschnallt, gespickt voll mit schwarz gefiederten Pfeilen. Den Bogen aus dem speziellen Ebenholz der Südlande hatte sie am Köcher befestigt. Kein Zweifel! Das war nicht nur eine Königin, sondern auch eine kampfgeübte Kriegerin.

Anambala stiess einen gellenden Pfiff aus, woraufhin sich eine grosse, schwarz gefleckte Schimmelstute aus einer Buschgruppe löste. Sie trug einen Sattel auf dem ein Pantherfell lag. In einem Sattelköcher befanden sich drei kurze kräftige Speere mit etwa zwei Handspannen langen schmalen Klingen an der Spitze. Am Speerköcher war ein länglicher, bunt bemalter Schild befestigt, in dessen Mitte auf einem weissen Kreis der zähnefletschende Kopf eines schwarzen Panthers prangte.

Anambala führte die Stute am Zügel zu den anderen Pferden. Als sie an den Gefährten vorbeikam, hielt sie kurz inne: „Dies ist Xandoa, der Stolz meiner Ställe in Juncanoo." Die anderen waren Pferdekenner genug, um zu sehen, dass dieses prachtvolle Tier ihren eigenen Pferden in nichts nachstand.

Als sich Anambala zu ihnen gesetzt hatte, ergriff Heymar das Wort:

„In Montsin, der Hauptstadt von Sinistan, soll morgen ein Verbrechen geschehen, das verhindert werden muss, so empfing ich die Botschaft von Adonia, der Göttin im Licht. Es geht um drei junge Männer, deren Leben und Kampfkraft für unsere Sache in der Zukunft äusserst wichtig sein wird. Die Bruderschaft der Nacht plant ihre Ermordung. Die Drei haben zwar unerwartet machtvolle Hilfe gefunden, doch fürchte ich, wird dies gegen Mirkos, den Hohepriester, und seine Bruderschaft der Nacht nicht ausreichen.

Wir müssen eingreifen und ihnen beistehen. Warum die drei und ihre Helfer so wichtig sind, erfahrt ihr später, wenn es soweit ist.

„Und jetzt, meine Freunde, lasst uns aufbrechen, jede Minute ist kostbar!"

Heymar schwang sich in den Sattel seines Schimmels. Auch die anderen sassen einen Moment später in ihren Sätteln. Auf einen leisen Fersendruck hin stieg Arkon laut wiehernd auf die Hinterhand. „Auf nach Montsin", rief Heymar und schon schnellte Arkon wie ein Pfeil auf und davon.

„Nach Montsin!" riefen nun auch die Gefährten, und als sie die Worte Heymars wiederholten, klang es wie ein Schlachtruf. Ihre Pferde -Warwic, der Rappe, Keros, der Braune, und Xandoa, die Stute Anambalas, jagten Arkon, dem Schimmel, nach.

Sechzehn trommelnde Hufe kämpften gegen Zeit und Raum.

Mirkos

Im Lande Sinistan, am Rande der Hauptstadt Montsin, erhob sich auf einem Hügel der düstere Tempel der Bruderschaft der Nacht. Es war gegen Mitternacht, aber eines der Turmfenster wurde noch von flackerndem Fackelschein erleuchtet. Im Raum hinter dem Fenster sass ein Mann in einem hölzernen Stuhl, dessen Lehne seinen Kopf überragte und mit abstossenden Schnitzereien verziert war.

Klauenartige Finger umkrallten einen schwarzen Stab, an dessen Spitze eine schmale silberne Mondsichel befestigt war. Die Kapuze des schwarzen Gewands war zurückgeschlagen und enthüllte einen kahlen Schädel mit einem bleichen, hohlwangigen Gesicht, in dem grausame Augen funkelten.

Mirkos lächelte selbstzufrieden in sich hinein. Einen Teil der Aufgabe, die ihm der dunkle Gott ohne Namen (welchen Namen hätte dieses grauenhafte Wesen auch tragen können?) erteilt hatte, war von ihm erledigt worden. Falcon von Kendaron, der verhasste Anbeter der gelben Hure, war tot. Um seinem dunklen Gott zu gefallen, hatte Mirkos mehr getan, als nötig gewesen wäre, den alten Mann einfach sterben zu lassen. Falcon hatte unsägliche Qualen erleiden müssen und Mirkos hatte alles getan, um sie zu verlängern.

Der Hohepriester und Schwarzmagier liess die Szene noch einmal vor seinem inneren Auge ablaufen und lachte kurz und sadistisch auf, als Falcon mit einem letzten Aufschrei sein Leben aushauchte. Der dunkle Gott war zufrieden, zumindest teilweise, denn die Söhne des Fürsten waren noch am Leben. Sie hätten eigentlich vor den Augen ihres Vaters zuerst leiden sollen, um dem alten Mann auch noch diesen seelischen Schmerz zuzumuten, bevor er selbst an der Reihe war, gefoltert zu werden.

Mirkos hatte nicht gewusst, dass sich die drei Brüder auf einem Feldzug befanden, um die Steppenreiter des Ostens an der Seite des Königs von Mirstaj zurückzuschlagen. Aber er hatte scheinbar unabsichtlich hinterlassen, wer für Falcons Folter und Mord verantwortlich war und wo man ihn zu suchen hatte. Seine Rechnung war aufgegangen. Ein Rabe hatte ihm die Botschaft gebracht, dass drei junge Männer, den roten Falken Kendarons auf der Brust, die Grenze Sinistans auf dampfenden Pferden passiert hatten.

Die Dummköpfe würden übermorgen in Montsin eintreffen. Und sie waren allein! Ohne ihre Soldaten! Mirkos lachte gehässig in sich hinein. Er würde leichtes Spiel haben. Drei junge Grünschnäbel, die sich an ihm, Mirkos, rächen wollten! Dafür musste er nicht einmal magische Kräfte einsetzen. Die Energieverschwendung konnte er sich und

seinen Mitbrüdern ersparen. Weltliche Waffenge-
walt würde völlig ausreichen. Morgen früh würde
er entsprechende Massnahmen anordnen.

Hikarios

Hikarios, der ehemalige Herrscher von Sinistan, war nur noch eine Marionette in den Händen von Mirkos, dem Hohepriester der Bruderschaft der Nacht. Voller Trauer dachte er an die glücklichen Tage, bevor die Diener des dunklen Gottes erschienen waren und die Herrschaft an sich gerissen hatten. Mit Bedauern dachte er auch daran, was er seinem langjährigen Berater Herbard und den Priestern der Göttin im Licht angetan hatte. Wie verblendet war er doch gewesen! Dass ihn finstere Mächte täuschten, denen er nichts entgegenzusetzen hatte, tröstete den stolzen Hikarios wenig. Er hatte versagt, sein Volk verraten und wer weiss wie grosses Unheil über die Welt gebracht.

Aber - zu spät! Die Priester der Adonia, der Göttin im Licht, die ihm hätten helfen können, das Böse zu besiegen, waren geflüchtet oder durch seine Soldaten und Mirkos' Gefolgsleute ermordet worden. Hikarios sank in seinem Gemach zögernd auf die Knie und hob Gesicht und Arme empor.

„Adonia, du Göttin im Licht!", rief er verzweifelt. „Inmitten dieses Pfuhls der Dunkelheit wage ich es, meine Stimme zu dir zu erheben. Zu dir spricht nicht Hikarios von Sinistan, sondern ein einfacher Mensch, der schrecklich gefehlt hat. Ein Mensch, der sich von Mächten hat verführen lassen, die die Völker dieser Welt in ewige Finsternis werfen wollen.

Wahr, ich habe einen dramatischen Fehler begangen, der kaum wiedergutzumachen ist, aber ich habe ihn erkannt und bereue zutiefst. Gib mir noch eine einzige Chance, dass ich meinen Teil dazu beitragen kann, die Gefahr zu bekämpfen. Kein Preis soll für meine Sühne zu hoch sein - nicht einmal mein Leben!"

Hikarios endete. Da kam die Morgensonne hinter einer vorbeitreibenden Wolke hervor, und ein Bündel von Sonnenstrahlen fand den Weg durch das Fenster in das Gemach, wo Hikarios immer noch mit geschlossenen Augen kniete. Plötzlich spürte der Fürst eine sanfte Wärme auf seinem Gesicht. Als er seine Augen öffnete, blickte er in ein mildes Licht. Es war ein Licht, das nicht blendete, sondern ihn zu umschmeicheln schien. Und dann war es ihm, als hörte er in seinem Geist eine ferne, freundliche Stimme:

„Die Hoffnung auf eine bessere Vergangenheit, Hikarios, musst du aufgeben! Aber ich vernahm deine Worte, und so sage ich dir, dass du Hoffnung auf die Zukunft schöpfen darfst! Ja, schöpfe Hoffnung!"

Eine Wolke schob sich vor die Morgensonne, und das Strahlenbündel erlosch. Aber das Licht hatte einen Funken der Hoffnung in das Herz von Hikarios gepflanzt. Ein kleiner Funke war geblieben, ein Funke der Hoffnung. Hikarios richtete sich auf.

Adonia, die Göttin, hatte im Licht der Morgensonne zu ihm gesprochen!

In diesem Augenblick wurden die Türvorhänge zur Seite gerissen und Mirkos rauschte in den Raum. In seinem schwarzen, flatternden Umhang wirkte er wie eine abgemagerte Riesenfledermaus. Sein knochiger Zeigefinger zuckte auf Hikarios zu.

„Morgen, armseliger Fürst, erweist dir mein Gott eine grosse Gnade. Du darfst ihm dienen!" Ein gehässiges Lachen folgte. Hikarios' Miene war wie versteinert. Mirkos fuhr fort:

„Falcon von Kendaron hat sein Schicksal bereits durch meine Hand ereilt. Oh, du dunkler Gott, und was für ein grausames Schicksal!" Wieder ein hämisches Lachen.

„Nun, morgen werden seine drei Söhne als Möchtegern-Rächer hier eintreffen. Du wirst sie in den Audienzsaal der Zitadelle bitten und mit deiner Palastwache dafür sorgen, dass sie ihn nicht mehr verlassen. Es sind zwar Grünschnäbel, aber unterschätze sie nicht; denn, wehe wenn du versagst ... !"

Hikarios nahm seinen ganzen Mut zusammen und rang sich ein spöttisches Lächeln ab: „Du traust dich wohl nicht, dieses Geschäft selbst zu erledigen. Und nun brauchst du mich, besser - missbrauchst du mich wieder einmal für deine finsteren Machenschaften."

Mirkos' Gesicht verzog sich zu einer Grimasse der Wut. „Ich warne dich. Hüte deine Zunge! Ich habe durchaus bemerkt, dass du immer noch zuviel Stolz in dir trägst. Vergiss nicht - ich kann dich zertreten wie eine Wanze!"

Hikarios senkte scheinbar demütig den Kopf, sodass Mirkos sein feines Lächeln entging.

„Morgen!", rief der Zauberer. „Denke an die fürchterlichen Strafen des dunklen Gottes, wenn du versagst." Damit drehte er sich um und verliess mit grossen Schritten den Raum.

Hikarios hatte die Nachricht vom grausamen Tod Falcons hart getroffen; denn als junge Männer waren sie Seite an Seite in die Schlacht gezogen, um sich die ersten Ruhmeslorbeeren zu verdienen. Lange Zeit waren sie Waffengefährten gewesen und hatten sich viele Male gegenseitig das Leben gerettet. Später dann hatten sie die Pflichten der Landesregierung gerufen und sie so getrennt.

Aber - wenn die Söhne auch nur die Hälfte an Kraft und Mut des Vaters geerbt hatten ... Wie ein Echo hallten die Worte der lichten Göttin in seinem Geist nach:

„Schöpfe Hoffnung!"

Und wie ein Mantra wiederholte er die beiden Worte, leise vor sich hin sprechend: *„Schöpfe Hoffnung!"*

Montsin

Die fünf Gefährten brachen früh am Morgen auf. Sabu, das alte Maultier, hielt den schnellen Trab erstaunlich gut mit. Während des Rittes wurde kein Wort mehr gesprochen. Die einzigen Geräusche, die die Reiter begleiteten, waren das Pochen der Hufe, das Knarren des Sattelzeugs, das gelegentliche Klirren der Waffen und ihr eigenes Schnalzen, mit dem sie ihre Tiere antrieben.

Sie begegneten nun in verstärktem Masse Handelskarawanen, die sich ebenfalls auf die Hauptstadt Sinistans zubewegten oder von dort zurückkamen. Die Händler warfen der gemischt zusammengesetzten Reitergruppe mit den entschlossenen Gesichtern interessierte Blicke zu. Da bahnte sich etwas an, das spürten sie.

Die Türme und Zinnen Montsins tauchten am Horizont auf - und mit jedem Schritt, den die Pferde und das Maultier zurücklegten, rückte die Entscheidung näher. Bald konnten sie Einzelheiten ausmachen. Sie verlangsamten den Schritt ihrer Reittiere und reihten sich in den Strom der Menschen ein, die sich durch das Löwentor Montsins drängten. Dann hatten sie die Torwächter unbehelligt passiert. Es war soweit. Sie waren innerhalb der Mauern von Montsin. Aber was nun?

Von Nordwesten her preschten vier Reiter auf Montsin zu. Ein Rappe, ein Brauner, eine gefleckte Schimmelstute und ein prächtiger Schimmel trommelten ihre Hufe auf die Erde. Grassoden wurden herausgefetzt und nach hinten wegge- schleudert. Die Spuren waren unübersehbar. Heymar trieb seine Gefährten zur Eile an. Er wus- ste, dass ihnen die Zeit davonlief, und - sie durften keinesfalls zu spät kommen!

Der Bote des Fürsten steuerte direkt auf die drei jungen Männer zu, die sich gerade aus den Sätteln ihrer braunen Hengste schwangen. Der rote Falke von Kendaron, der auf ihren Gewändern einge- stickt war, war nicht zu übersehen. Der Bote ver- beugte sich.

„Edle Söhne des Fürsten von Kendaron, wir hörten bereits von Eurem Kommen. Mein Herr, Hikarios von Sinistan, schickt mich zu Euch. Er entbietet Euch seinen Gruss und bekundet zugleich sein tiefstes Mitgefühl für den Tod Eures Vaters. Mein Herr bittet Euch, seine Gäste zu sein."

Die drei Brüder sahen sich erstaunt an. Darelock, der Älteste, ergriff das Wort: „Wir danken für den freundlichen Empfang und die Beileidsbekundung deines Herrn. Seine Einladung ehrt uns. Wir neh- men sie sehr gerne an."

Wiederum verbeugte sich der Bote. Dann fiel sein Blick auf Durix und Marco. „Gehören diese beiden dort zu Eurem Gefolge, edle Herren?"

Einer plötzlichen Eingebung folgend, sagte Rogan: „Nein, nein, bei den beiden handelt sich nur um eine flüchtige Reisebekanntschaft."

„Gut, dann bitte ich Euch, mir zu folgen. Der Fürst wartet bereits." Damit drehte sich der Bote von Hikarios um und ging gemessenen Schritts voran. Rogan fand gerade noch Zeit, Durix zuzuflüstern: „Folgt uns heimlich und handelt, wenn es nötig ist!"

Durix liess sich nicht anmerken, dass er die Worte vernommen hatte. Erst als die vier Männer ausser Hörweite und im Menschengewirr untergetaucht waren, wandte er sich an Marco: „Eine seltsame Mischung aus Hitzkopf und Besonnenheit, dieser junge Rogan. Wir wollen tun, was er gesagt hat."

Sie stellten Pferd und Maultier in einem nahegelegenen Mietstall unter und machten sich eilig auf den Weg zur Zitadelle von Montsin.

Der Kampf der Falken

Hikarios wartete im Audienzsaal. Die Hände auf dem Rücken, marschierte er nervös auf und ab. Trotz der hoffnungsvollen Worte, die er tags zuvor vernommen hatte, war er nun verzweifelt, denn er hatte gehofft, mit den Söhnen seines alten Freundes zunächst alleine sprechen zu können. Aber Mirkos war bereits anwesend und stand wie eine personifizierte dunkle Drohung seitlich hinter dem Thron. Sein Gesicht lag im Schatten der hochgezogenen Kapuze. Nur die tückischen Augen funkelten unter der Kapuze hervor. Mit einer klauenartigen Hand umkrallte er den schwarzen Stab mit der Mondsichel.

Rechts und links wurde Mirkos von je sieben schwarzgekleideten Kriegermönchen seiner Bruderschaft flankiert. Sie waren mit Säbeln bewaffnet, deren schmale gebogene Klingen die Form der Mondsichel hatten.

An den beiden gegenüberliegenden, mit schwarzen Tuchen verhängten Längswänden waren je ein dutzend Männer der Palastwache aufgereiht. Es waren zwar die Soldaten von Hikarios, aber sie hatten inzwischen um ihres eigenen Wohlergehens willen akzeptiert, dass nun Mirkos der eigentliche Herr von Montsin und damit von ganz Sinistan war. Die Palastwachen waren mit Hellebarden bewaffnet und trugen kurze gerade Schwerter für den Nahkampf.

Hikarios liess sich resigniert auf seinem Thron nieder. Gleich mussten die drei Brüder eintreffen. Dann öffneten sich die beiden grossen hölzernen Türflügel zum Audienzsaal und der Bote betrat den Raum. Er verbeugte sich vor seinem Fürsten und meldete ihm mit erhobener Stimme: „Rogan, Kerril und Darelock von Kendaron!"

Als die drei Brüder eintraten, sprang Hikarios auf und schrie: „Flieht, flieht, bevor es zu ...!" Mirkos berührte den Fürsten schnell mit dem Sichelstab, und Hikarios fiel wie vom Blitz getroffen bewusstlos nach vorn auf das Thronpodest.

Dieser Warnung hätte es nicht bedurft, denn die schwarz verhängten Wände und das Wappen mit der silbernen Mondsichel und den geheimnisvollen Zeichen auf schwarzem Grund hatten bereits genügt. Zudem war ihnen sowieso bewusst, was auf sie zukommen würde.

„Dort oben", sagte Kerril mit gepresster Stimme, „steht der Folterknecht und Mörder unseres Vaters!", und sechs Schwerter flogen aus den Scheiden. Mirkos trat, sich seiner magischen Überlegenheit nur allzu sehr bewusst, ein paar Schritte vor und lachte hämisch, seine Kapuze zurückschlagend: „Die roten Falken, wie? Hehehe! Ich fürchte, euch werden heute die Flügel gestutzt."

Rogan hob seine Schwerter dem Schwarzmagier entgegen und rief aufbrausend: „Das, elender

Henkersknecht, wird euch ziemlich schwerfallen - unsere Schwingen sind aus bestem Stahl!"

Mirkos lachte nur verächtlich und setzte sich auf den Thron, wobei er den bewusstlos am Boden liegenden Hikarios mit dem Fuss wie nebensächlich zur Seite schob. Dann gab er dem ersten Dutzend Kämpfern der Palastwache ein Zeichen.

Im nächsten Augenblick waren die Falken von Kendaron von den Hellebardenträgern umringt. Aber das war keine neue Situation für die kriegserprobten Brüder. Ein blitzender Wirbel von Schwertschlägen, und die Palastwachen hielten nur noch die hölzernen Schäfte ihrer Hellebarden in den Händen. Sie waren verblüfft, aber die Drei liessen ihnen keine Zeit, den Schockmoment zu überwinden. Manch einem mochte jetzt dämmern, woher die Bezeichnung ‚die Falken' kam, denn sie hatten wirklich scharfe Klauen, diese Fürstensöhne, und blitzschnelle Reflexe.

Zwölf gegen drei - vier gegen jeden.

Die Wachen hatten ihre Kurzschwerter gezogen und drangen auf die Brüder ein. Aber schon nach wenigen Sekunden wälzten sich vier von ihnen in ihrem Blut.

Mit dem hitzköpfigen Rogan ging das Temperament durch. Er stürzte sich in die Reihen seiner Gegner und brachte sie ins Wanken. Seine beiden Klingen waren überall. Hiebe, die auf seinen Rükken gezielt waren, parierte er ebenso wie solche, die von vorn kamen. Wie ein Wirbelwind drehte er sich durch die Gegner. Einmal in der Hocke, dann wieder im Stand, dann ein Salto vorwärts. Doch auch in dieser Bewegung pfiffen seine Klingen mit tödlicher Präzision durch die Luft und hinterliessen blutige Spuren. Wieder auf den Füssen wirbelte Rogan herum. Er hatte den Kreis der Kämpfer Montsins durchbrochen. Mehrere Tote und Verletzte zeichneten seinen Weg. Nun hatte sich die Situation verändert. Die restlichen Wachen befanden sich jetzt zwischen zwei Fronten.

Mirkos, der sich mit dem Kampf ein sadistisches Vergnügen hatte bereiten wollen, starrte übelgelaunt und mit zusammengezogenen Brauen auf die neue Entwicklung. Doch wollte er seine magischen Kräfte nicht zu früh einsetzen. Es war ja noch lange nicht zuende. Sollte das grausame Spiel doch noch eine Weile fortgesetzt werden! Menschenleben hatten keinen Wert für Mirkos, also gab er dem zweiten Dutzend der Palastwachen das Zeichen zum Eingreifen. Diese warfen ihre Hellebarden, mit denen sie sich im Nahkampf doch nur gegenseitig behindert hätten, auf den Boden und stürmten mit gezogenen Schwertern vorwärts.

Ihre Kameraden hatten inzwischen das Gefühl, zwischen zwei Mahlsteine geraten zu sein. Als die Verstärkung heran war, lebte nur noch einer und dem trennte in diesem Augenblick Kerril das Haupt von den Schultern.

Der Boden des Saales war inzwischen blutüberströmt und glitschig geworden. Der erste Angreifer rutschte aus und stolperte genau in Darelocks Klinge, die dieser sofort wieder herausriss. Blitzschnell traten die drei Brüder ein paar Schritte zurück - jeder in eine andere Richtung; ein Manöver, das sie des öfteren erfolgreich durchgeführt hatten. Sie verstanden sich auch ohne Worte. So bildeten sie ein offenes Dreieck, in das die Soldaten von Mirkos blindlings hineinliefen. Dabei fielen einige über ihre toten Kameraden. Hastig richteten sich die Gefallenen wieder auf, aber da waren die Söhne Falcons bereits über ihnen.

Sie schlugen, parierten und kämpften gegen mehrere Gegner gleichzeitig. Verletzte schrien auf. Gliedmassen wurden abgetrennt, Blutfontänen schossen aus den Arm- und Beinstümpfen - ein Inferno, in dem Männer in einem wahren See von Blut verröchelten. Dann schmetterte Darelock den letzten der Wache, der sich erbittert gewehrt hatte, mit einem gewaltigen Doppelschlag zu Boden.

Schwer atmend standen die Falken beieinander. Dank ihrer Kampfkunst waren sie kaum ernsthaft verletzt. Das Blut, das ihre Hemden tränkte, war das ihrer Gegner. Bis jetzt waren sie siegreich geblieben, aber der Mörder ihres Vaters lebte immer noch!

Mirkos erhob sich mit vor Wut und Enttäuschung verzerrtem Gesicht vom Thron Sinistans. Doch mit einem Mal wechselte sein Gesichtsausdruck. Er lachte höhnisch und sein grausamer Blick frass sich an den drei jungen Männern fest, die ihm gefasst entgegen blickten. „Wie euer Vater gestorben ist, so sollt auch ihr sterben!", zischte er voller Bosheit, „unter Schmerzen und Höllenqualen! Und zum Schluss werdet ihr nur noch einen einzigen Wunsch haben...", Mirkos kniff die Augen zusammen und senkte seine Stimme zu einem bedrohlichen Flüstern, jedes einzelne Wort betonend, „...endlich sterben zu dürfen!" Als Mirkos seinen Stab hob, verstärkten Rogan, Kerril und Darelock unwillkürlich den Griff um das Heft ihrer Schwerter. Sollte das ihr Ende sein?

Da geschah etwas Unerwartetes, mit dem auch Mirkos nicht gerechnet hatte. In seinem Rücken war Hikarios aus seiner Bewusstlosigkeit erwacht und hatte sich taumelnd aufgerichtet. Mit einem wilden Schrei warf er sich nach vorne, prallte gegen Mirkos und brachte den Magier zu Fall. Im nächsten Augenblick bohrte einer der Priester seinen Säbel in Hikarios' Seite. Hikarios bäumte sich noch einmal auf, dann sank sein Körper schlaff zu Boden.

Mirkos rappelte sich auf, wobei er wilde, abartige Flüche ausstiess. Gerade hob er den Fuss, um dem gestürzten, wie tot daliegenden Fürsten noch einen letzten Tritt zu versetzen, da ertönte hinter ihm ein krachendes Bersten und Splittern.

Mirkos fuhr herum. Seine wutverzerrte Fratze zeigte auf einmal grenzenlose Verblüffung.

Das Haupt der Weissen Loge

Die schweren Türflügel hingen zerfetzt in ihren Angeln und in dem Rahmen aus zersplittertem Holz stand hoch aufgerichtet die grosse, dürre Gestalt eines alten weisshaarigen Mannes mit einem schütteren Ziegenbart. Hinter ihm verharrte ein junger Mann mit schwarzen gelockten Haaren, ein Langschwert in der Rechten und einen Parierdolch in der Linken.

Auch die Falken waren herumgefahren. „Durix, Marco!", riefen sie wie aus einem Mund. Neue Hoffnung keimte auf.

Mirkos blickte düster. „Marco von Éspan, den ich verschollen oder tot glaubte? Ja, und Durix?! Nein, nicht Durix! Du bist Loddfafnir, Oberhaupt der Weissen Loge, der Versammlung dieser weissmagischen Weichlinge! Ich habe dich erkannt, du räudiger Hund!"

Abgesehen von seiner Kleidung erinnerte nichts mehr an den schrulligen Alten. Nun strahlte Loddfafnir, wie sein wirklicher Name war, eine unglaubliche Autorität aus. Er hob seinen derben Wanderstock: „So wahr ich der Grossmeister der Weissen Loge bin, Mirkos, so wahr stehen diese drei jungen Männer unter meinem Schutz, ebenso wie Marco von Éspan, der dich des gleichen Verbrechens anklagt, wie die Söhne Falcons von Kendaron."

Mirkos lachte hämisch. „Mich anklagen! Welch‘ völlig irregeleiteter Grössenwahn!" Er winkte sechs seiner Kriegermönche zu sich, so dass sie mit ihm zusammen die magische Siebenzahl bildeten. Die restlichen acht hatten bereits ihre Säbel gezogen.

Marco hatte sich mit federnden Schritten an die Seite von Rogan, Kerril und Darelock begeben, deren Körper sich spannten. Neue Kraftreserven hatten sich gebildet. Sie waren bereit.

Einen Augenblick herrschte knisternde Stille - die Ruhe vor dem Sturm. Dann schrie Mirkos: „Dunkler Gott, namenlos magst du sein, dennoch rufe ich dich! Hilf mir, unsere Feinde zu vernichten!"

Loddfafnir hob erneut seinen Stab, um den nun weissglühendes Licht pulsierte. Seine Stimme war leise, kaum hörbar: „Adonia, Göttin im Licht, steh‘ uns bei in dieser dunklen Stunde!"

Der Kampf der Schwerter und der Magie begann. Während die Waffen klirrten, vollzog sich das Ringen des Hohepriesters der Bruderschaft der Nacht mit dem Grossmeister der Weissen Loge in unheimlicher Lautlosigkeit. Unsichtbare Kräfte wurden gerufen und prallten aufeinander. Aber der Kampf der Magier war ungleich. Mirkos konnte die Kraftreserven seiner sechs schwarzmagischen Gesellen, die mit ihm zu einer geistigen Einheit verschmolzen waren, ins Feld werfen - Loddfafnir stand allein.

Das dunkle Kraftfeld, das die Sieben einhüllte, dehnte sich aus, während das weisse Licht um Loddfafnirs Stab schwächer wurde. Auch wenn seine Macht gross war, so spürte Loddfafnir doch, wie ihn die bösen Mächte langsam aber sicher überwältigten. Kalter Schweiss perlte auf seiner Stirn. Nur sein unbeugsamer Wille hielt ihn noch aufrecht.

Vier Reiter jagten durch das grosse Löwentor Montsins. Den Pferden, prächtigen Tieren, troff der Schaum vom Maul. Rücksichtslos bahnten sich die Reiter ihren Weg, trieben die schreiende Menschenmenge mit ihren mächtigen Rossen auseinander. Frauen und Kinder kreischten vor Angst. Händler fluchten lautstark, als ihre Warenstände umgeworfen wurden und zu Bruch gingen. Dann hatten die Reiter die Stufen zur Zitadelle erreicht und trieben ihre Pferde die Steintreppe hinauf. Gerade wollten die überraschten Wachen das schwere hölzerne Tor schliessen, als Angir, der Zauberhammer, das Tor mit einem gewaltigen Aufprall aus den Angeln riss. Die Gefährten stürmten, ohne ihr Tempo zu verlangsamen, hindurch. Widulf richtete sich im Sattel auf und fing Angir aus der Luft.

Mit hallenden Hufschlägen galoppierten sie einen weiten Gang entlang. Heymar sah in seinem Geist, wohin sie mussten. Er ritt voran, und immer, wenn

Soldaten der Zitadelle sie aufhalten wollten, hob Heymar seinen Arm und sie verharrten mitten in ihren Bewegungen, wie zu Salzsäulen erstarrt. Da standen versteinerte Soldaten mit halb gezogenen Schwertern, andere hatten sie bereits zum Schlag erhoben. Wieder andere, die sich ihnen in den Weg gestellt hatten, wurden einfach umgeritten.

Dann hatten die Vier ihr Ziel erreicht und sprangen vor dem Audienzsaal aus den Sätteln. Heymar hielt Agila bereits in der Faust, Lodur zog sein Langschwert aus der schwarzen Scheide und Widulf packte Angir, den Zauberhammer, fester. Anambala hatte schon während des Ritts den Pantherschädel, der auf ihrem Rücken hing, wie einen Helm auf ihren Kopf gezogen. Aus dem Sattelköcher riss sie nun die drei Speere mit den langen schmalen Speerblättern und schloss mit raubkatzenartiger Geschmeidigkeit zu ihren Gefährten auf, die kurz davor waren, durch die zersplitterten Türflügel in den Saal zu stürmen.

Der Avatar der lichten Göttin

Loddfafnir kauerte am Boden. Seine Sinne und Kräfte begannen zu schwinden, das Licht seines Stabes war so gut wie erloschen, doch immer noch wehrte er sich gegen das düstere Feld, das langsam begonnen hatte, ihn einzuhüllen.

Die Falken und Marco taumelten vor Erschöpfung. Sie kämpften den Kampf ihres Lebens. Zwei der Kriegermönche hatten ihren Geist ausgehaucht, aber es waren immer noch sechs gegen vier, und diese sechs waren ausgeruht.

Plötzlich wankte Kerril unter einem harten Hieb. Er konnte sich nicht mehr auf den Beinen halten und stürzte zu Boden. Der schwarzgewandete Kriegermönch holte mit seinem Säbel zum tödlichen Schlag aus. Unfähig, noch einen Finger zu rühren, blickte Kerril zu seinem Henker empor. Aber das Gesicht, das gerade noch in wildem Triumph verzerrt war, zeigte auf einmal grenzenloses Erstaunen. Die Augen weit aufgerissen, röchelte der Mann kurz auf und fiel dann neben Kerril aufs Gesicht. Aus seinem Rücken ragte ein kräftiger Speer mit einem langen Speerblatt. Über den Körper des Gefallenen hinweg konnte er sehen, wie eine schwarzhäutige Kriegerin erneut ausholte und einen zweiten Speer kraftvoll seinem Ziel entgegenschleuderte.

Aus der Kehle des Kriegermönchs, der Rogan hart bedrängt hatte, ragte plötzlich die vordere Spitze eines Speerblatts und erstickte seinen Todesschrei. Die Augen des Kriegermönchs wurden glasig, und im nächsten Augenblick brach er zusammen.

Die Kämpfer von Mirkos liessen kurz in ihrer Aufmerksamkeit nach. Diesen Augenblick nutzte Marco, um seinem Gegner das Schwert bis ans Heft ins Herz zu stossen.

Darelock war von den letzten drei Säbelkämpfern umringt und wehrte sich verzweifelt. Marco sah das, war aber zu weit entfernt, um eingreifen zu können. Doch da ertönte ein schräges Sirren, und Angir zertrümmerte den Brustkorb eines der Angreifer. Der Aufprall war so gewaltig, dass der Körper des Mannes durch die Luft geschleudert wurde und dann noch einige Meter auf den Fliesen des Saales dahinrutschte. Angir kehrte in einem Bogen in die Faust des Erben von Torhib zurück.

Die zwei Überlebenden sahen sich nun in der Minderzahl und wandten sich zur Flucht. Als der eine an Kerril vorbei wollte, der immer noch auf dem Boden lag, schlug dieser mit dem Schwert nach den Beinen des Fliehenden und traf. Der Mann stürzte schwer. Kerril robbte, so schnell er noch konnte, zu ihm hin und stiess ihm mit einem letzten Aufbäumen seiner Kräfte das Schwert ins Herz. Dann brach er bewusstlos auf seinem getöteten Feind zusammen.

Der zweite fliehende Kriegermönch kam nur bis zur zersplitterten Tür. Dort schwang Lodur sein Langschwert und führte einen fürchterlichen Hieb horizontal zur Körpermitte des Mannes. Die scharfe Klinge trennte den Rumpf vom Unterkörper, der auf seinen Beinen noch ein paar Schritte blutverspritzend weiterstrauchelte. Schliesslich kippte der Torso haltlos um und fiel zu Boden.

Da nun alle Gegner aus dem Weg geräumt waren, konnten Lodur und Anambala sich endlich um die Männer kümmern, die zu Tode erschöpft, auf dem Boden lagen oder kauerten und deren Wunden unverzüglich versorgt werden mussten.

Was gleichzeitig geschah, nachdem die Vier den Saal betreten hatten:

Loddfafnir hatte mit einem mal eine unsägliche Erleichterung verspürt. Das Böse, das schon übermächtig geworden war, wich zurück. Dann war er frei. Es dauerte eine Weile, bis er seine Umgebung wieder wahrnehmen konnte. Zögernd richtete er sich auf und sah, wie ein junger Mann mit langen weissen Haaren auf das Thronpodest zuschritt, einen stämmigen, rotbärtigen Mann, der einen schweren Schmiedehammer in der Faust hielt, an seiner Seite.

Während Heymar und Widulf achtsam auf die Gruppe der Zauberer zugingen, war Mirkos, umringt von seinen sechs Helfern, gerade aus der Starre seiner Trance erwacht.

Heymar blieb wenige Schritte vor Mirkos und seinen Gesellen stehen. Widulf verharrte seitlich hinter ihm, Angir wurfbereit in der Faust. Der Hohepriester des dunklen Gottes blickte kurz um sich und nahm wahr, was sich im Audienzsaal abspielte, dann starrte er sie hasserfüllt an und hob seinen schwarzen Stab, einen mächtigen, todbringenden Fluch hervorzischend.

Doch Heymar schüttelte nur lächelnd den Kopf: „Das hat Gorgoban, dein ehemaliger Mitbruder, bereits vergeblich versucht und einige andere auch. Ihre verruchten Seelen wandern jetzt im Schattenreich der Verdammten."

Mirkos' Überlegenheitsgefühl schwand zusehends, und seine Augen verrieten aufkeimende Furcht. „Wer bist du?", fragte er, obwohl seine innere Stimme diese Frage längst beantwortet hatte.

„Du weisst sehr gut, wer ich bin. Fühlst du nicht, wie deine dunklen Kräfte immer schwächer werden?" Heymar wechselte Agila in die linke Hand. Mit der freigewordenen rechten zeichnete er ein feuriges Symbol in die Luft.

Die sechs Kriegermönche stellten sich schützend vor Mirkos, der begonnen hatte zu zittern. Seine dürre Gestalt wurde immer heftiger von Krämpfen geschüttelt. Heymar formte ein weiteres Feuerzeichen in der Luft, und die Sechs, die Mirkos schützen wollten, sanken schlagartig leblos zu Boden, wie Puppen, die der Marionettenspieler einfach loslässt. Noch im Fallen passierten ihre Seelen die Pforten der Verdammnis.

Mirkos, von seinen Gesellen verlassen, sein Körper unkontrolliert konvulsivisch zuckend, schrie verzweifelt, ja, kreischte fast: „Herr der Finsternis, rette mich, rette deinen Diener!" Kaum waren die Worte gesprochen, als ihn eine schwarze Wolkensäule einhüllte und den Blicken der Anwesenden entzog. Nur Heymar konnte in die schwarze Wolke hineinschauen. Er sah, wie der Zauberer sich in dunklen Rauch verwandelte und mit der schwarzen Nebelwolke eins wurde.

Als die Wolkensäule erschien, hatte Widulf schnell reagiert. Mit gewaltigem Schwung schleuderte er Angir, der, begleitet von einem hohen Sirren, durch die Luft flog. Der Hammer verschwand kurz im düsterwallenden Nebel, tauchte auf der anderen Seite wieder auf und kehrte in die Faust seines Meisters zurück. Der Zauberhammer hatte die schwarze Wolkensäule zerfetzt. Dunkle Schwaden trieben wirbelnd durch den Saal und lösten sich schliesslich langsam verblassend auf.

Jedoch: Mirkos war verschwunden!

„Zu spät!", knurrte Widulf. Dann wandte er sich fragend an Heymar: „Warum hast du ihn entkommen lassen. Wenn schon Angir es nicht konnte - du hättest Mirkos' Flucht verhindern können!"

Heymar lächelte leise in der ihm eigenen Art: „Ja, Widulf, das hätte ich in der Tat tun können. Aber Mirkos hat versagt, und sein dunkler Gott ist unerbittlich, wenn sein Wille nicht getan wird. Er wird seinen eigenen Diener so hart und grausam strafen, wie ich es nie vermocht hätte. Verstehst du nun?" Widulf nickte grimmig. Bei dem Gedanken, was Mirkos möglicherweise bereits in diesem Augenblick erleiden musste, lief ihm ein kalter Schauer über den Rücken.

Da zog ein leises Stöhnen die Aufmerksamkeit der beiden auf sich.

Hikarios bewegte sich leicht. Sofort war Heymar bei ihm. Zeige- und Mittelfinger seiner rechten Hand strichen sanft über die seitliche Wunde des Fürsten, die sich augenblicklich schloss. Nur das Blut, in dem er lag, zeugte noch von seiner Verletzung. Hikarios war sehr geschwächt, aber er brachte ein blasses Lächeln zustande. Seine geflüsterten Worte waren kaum zu verstehen: „Ich habe mein Bestes getan, nicht wahr?" Fragend blickte er zu Heymar auf.

„Ja, guter Hikarios, das hast du in der Tat", sagte Heymar tröstend, „und du hast die Fehler der Vergangenheit wieder wettgemacht. Adonia, die Göttin im Licht, hat dir verziehen, und ich tue es in ihrem Namen ebenfalls. Wir danken dir für das, was du getan und versucht hast zu tun, um die drei jungen Männer, die Söhne Falcons von Kendaron, zu retten."

Das Leben kehrte in die Augen von Hikarios zurück. Sein noch etwas benebelter Verstand arbeitete: ‚...ich in ihrem Namen' - ‚... wir!' Und laut sagte er zu Heymar: „Dann bist du ...?"

„So ist es, Hikarios", unterbrach ihn Heymar. „Und nun ruhe dich aus." Der Fürst entspannte sich und Heymar richtete sich aus der Hocke auf. Er stand noch auf der Empore, als Loddfafnir sich ihm näherte. Wenige Schritte vor ihm blieb er stehen und verbeugte sich tief und ehrfurchtsvoll. Dann wandte Loddfafnir sich zu den anderen um, hob seinen Stab, der nun wieder von hellem Licht umspielt wurde, und rief mit lauter Stimme:

„Seht, der Gesandte Adonias, der Avatar der Göttin, deren Licht in ihm wohnt und die durch ihn hier in unserer Mitte ist! Der lichten Göttin und ihrem Avatar sei Dank, dass mit Mirkos ein Teil der Finsternis aus Asturia verbannt worden ist!"

Alle waren nun wieder auf den Beinen und hoben ihre Waffen Heymar entgegen: „Dank sei Adonia, der Göttin im Licht, und Dank sei Heymar, dem Avatar der lichten Göttin!"

Ein Blick in die Zukunft

Heymar war vom Thronpodest heruntergestiegen, um auf Augenhöhe mit seinen Gefährten zu sein. Nun hob er den Arm. Stille trat ein, und er begann zu sprechen:

„Meine Freunde", sagte er, „denn das seid ihr wahrlich! Ihr seid jetzt neun und..."

„Verzeih, dass ich dich unterbreche!", brummte Widulf, „aber, wenn ich noch richtig zählen kann, dann sind wir nur zu acht."

Heymar lächelte Widulf zu und fuhr ungerührt fort:

„...auch wenn die betreffende Person jetzt nicht hier im Saal anwesend ist - ihr seid in der Tat zu neunt. Und Zwölf werden es schliesslich sein, wenn der Tag der letzten grossen Entscheidung gekommen ist. Ihr seid auserwählt, an meiner Seite zu stehen, denn es fanden sich keine, die edler und mächtiger gewesen wären als ihr. So will ich, dass ihr in mir nicht nur den Avatar der lichten Göttin seht, sondern vor allem den Freund und Waffengefährten. Als solcher in euren Augen zu bestehen, ist eine hohe Ehre für den Avatar und eine noch grössere für Heymar, den die Menschen nur als den fahrenden Sänger kennen.

,Heymar' soll mein Name auch weiterhin sein, bis der Tag der grossen Entscheidung gekommen ist.

Dann soll mein wahrer Name offenbar werden, und in diesem Namen werde ich das heilige Feuer Adonias entfachen, das alles Dunkle und Böse für immer und ewig aus Asturia verbannen soll."

Einige Augenblicke herrschte ehrfurchtsvolle Stille. Dann schallte Widulfs Stimme durch den Saal: „Ich will nur hoffen, dass dieser ‚Tag der grossen Entscheidung' nicht schon morgen ist! Ich habe nämlich vor, heute abend den berühmten Wein Sinistans zu kosten. Ich nehme an, ich muss das nicht alleine tun?" Fragend blickte er in die Runde und sah zustimmende, lachende Gesichter. Auch Anambala hatte ein Lächeln auf den Lippen. Der Bann war gebrochen, und die Anspannung der letzten Stunden begann zu weichen.

Inzwischen hatte sich Hikarios unter dem heilenden Einfluss Heymars weiter erholt und war aufgestanden. Sofort eilten Rogan und Darelock an seine Seite, um ihn zu stützen. Auch Kerril war hinzugekommen. Dankbar lächelte Hikarios sie an.

„Ihr seid wahrlich würdige Söhne des grossen Falcon, dem Freund und Waffengefährten meiner Jugendzeit. Da ihr nun eures Vaters beraubt seid, wäre es für mich eine grosse Ehre, an seiner Stelle euer väterlicher Freund zu sein." Jetzt erinnerten sich die Drei an Erzählungen ihres Vaters, die sie längst vergessen hatten. Alle Drei nickten erfreut und ohne zu zögern. So geschah es, dass der kin-

derlose Hikarios auf einmal gleich drei Adoptiv-
söhne bekam.

Hikarios wandte sich nun an die anderen. Seine
Stimme war noch schwach, aber nicht mehr so
kraftlos wie noch vor wenigen Minuten.

„Ihr alle, macht mir die Freude und seid meine
Gäste. Nein, mehr als das. Mein Eigentum soll
euer Eigentum sein. Denn ihr habt mir nicht nur
meinen verloren geglaubten Besitz wiedergegeben,
sondern vor allem auch mein Leben, meine Ehre
und meine Freiheit.

Und nun, liebe Freunde, werden euch meine Be-
diensteten eure Gemächer zeigen, eure Wunden
versorgen, frische Kleidung bringen und auch
sonst alles tun, damit ihr euch etwas erholen
könnt.

In der Zwischenzeit werde ich dafür sorgen, dass
dieser Saal gründlich von allem gereinigt wird, was
an Mirkos und die Geschehnisse der letzten Stunden erinnert. Ich erwarte euch heute abend hier zu
einem nächtlichen Mahl mit Gerichten, wie sie
typisch sind für mein Land, das schöne und reiche
Sinistan. Und am vorzüglichen Wein von den
Hängen Sinistans soll es natürlich auch nicht feh-
len." Dabei sah er Widulf vielsagend an, der sich
mit einer leichten Verbeugung und einem Lächeln
für die Aufmerksamkeit bedankte.

Eine unerwartete Begegnung

Als Heymar und seine Gefährten erfrischt und neu eingekleidet den Audienzsaal betraten, hatte sich einiges wesentlich verändert.

Die zerbrochenen Türflügel waren restlos entfernt und durch einen schweren, kunstvoll bestickten Vorhang ersetzt worden. Den Gestank von Blut- und Schweiss hatte man mit herrlich duftenden Blütenessenzen vertrieben. Die schwarzen Tuche an den Wänden und das düstere Symbol der Mondsichel waren verschwunden. Nun prangte wieder das Wappenschild des Fürsten von Sinistan an der Stirnseite des Saals - ein goldener Löwe auf dunkelblauem Grund. In der Mitte des hellerleuchteten Saals war eine festlich gedeckte Tafel aufgebaut worden, an der nun alle Platz nahmen.

Der Abend brachte bei erlesenen montsinischen Speisen, begleitet vom wirklich hervorragenden Wein Sinistans, Entspannung für alle, und für den Augenblick traten die Ereignisse der letzten Stunden und Tage in den Hintergrund.

Auf einmal hastete ein Mann der Palastwache in den Saal. Er atmete schwer: „Mein Fürst, verzeiht mein ungestümes Auftreten", er verbeugte sich und versuchte wieder zu Atem zu kommen, „aber es ist etwas Unglaubliches geschehen!" Dann berichtete er schnell, dass der Tempel der Bruderschaft der Nacht aus unerklärlichen Gründen lichterloh brannte und man die Anhänger des dunklen Gottes in panischer Angst in alle Richtungen fliehen sah. Alle erhoben sich unter Stuhlgescharre von ihren Plätzen und eilten an die grossen Fenster des Saals. Schnell zogen sie die schweren Vorhänge zurück - und tatsächlich, Tempel und Turm am Rande der Stadt waren eine einzige Brandfakkel, deren Flammen bis hinauf in den Nachthimmel schlugen, wo sie die dünne Sichel des abnehmenden Mondes überstrahlten.

„Ist das nicht ein wunderbarer Anblick und vor allem nicht auch ein verheissungsvolles Omen?", sprach eine laute und klare Stimme im Rücken der wie gebannt Schauenden. Alle drehten sich erstaunt um, denn die Stimme gehörte nicht demjenigen, der die frohe Botschaft gebracht hatte.

Vor ihnen stand ein Mann, gekleidet in ein langes weisses Gewand, das um die Hüften von einer roten Schärpe zusammengehalten wurde. Haar und Bart waren dunkel, aber viele weisse Strähnen zeugten davon, dass der Mann die Mitte seines Lebens schon weit überschritten hatte.

Hikarios schüttelte ungläubig den Kopf und traute seinen Augen nicht. „Herbard!", rief er und ging zögernd auf seinen früheren Freund und Berater zu, „Ich kann's kaum glauben. Du hier!" Die letzten Schritte legte Hikarios fast im Laufschritt zurück. Dann blieb er abrupt vor Herbard stehen. Tränen füllten seine Augen: „Verzeiht mir, alter Freund, verzeiht! Was ich Euch und den anderen angetan habe...", Hikarios versagte die Stimme.

„Es gibt nichts zu verzeihen, mein Fürst. Ihr wart nicht Ihr selbst. Kein normaler Sterblicher hätte sich gegen den dunklen Einfluss und die magischen Kräfte Mirkos' wehren können. Er ist es, der die Schuld an allem trägt, was an Bösem geschehen ist. "

Hikarios breitete die Arme aus und wollte Herbard, dankbar für dessen Worte, umarmen. Aber - er griff ins Leere! Seine Arme gingen durch den Körper Herbards hindurch! Erschrocken trat Hikarios einen Schritt zurück.

„Fürchtet Euch nicht, mein Fürst! Ich vernahm den Ruf der lichten Göttin auf Burg Danbor, wohin ich mich auf den Rat Heymars hin begeben hatte. Dies ist ein Kaischan-Körper, den ich gebildet habe, weil für ihn Zeit und Raum keine Bedeutung haben. Nur mit diesem Geistkörper konnte ich dem Ruf folgen und rechtzeitig zur Stelle sein, um meinen Teil zur Vernichtung der verruchten Bruderschaft beizutragen. Mit den geheimen Worten der Feuermagie setzte ich den Tempel in Brand und pflanzte panische Angst in die Herzen der Diener des dunklen Gottes."

Heymar war herangetreten und legte seine Hände auf die Schultern Herbards, als ob sie, zum Erstaunen aller, aus fester Materie wären.

„Dir gebührt wahrlich grosser Dank, Meister Herbard, denn du kamst in der Tat zur rechten Zeit!" Dann drehte Heymar sich zu seinen acht Freunden um. „Dies ist", sagte er ungewohnt feierlich, „euer neunter Gefährte!"

Daraufhin herrschte Stille, und wieder war es Widulf, der die Spannung löste: „Da hast du dich aber wirklich gut eingeführt, Freund Herbard! Doch gehe ich recht in der Annahme, dass es so einem Kaischan-Körper nicht möglich ist, einen Becher Wein mit mir zu leeren?"

„Da hast du recht", lachte Herbard, „das kann er leider nicht. Es wäre wirklich schade um den guten Wein, wenn er auf dem Boden landen würde."

„Na, dann also beim nächsten Mal, wenn du richtig anwesend bist. Ich nehme doch an, dass es ein nächstes Mal geben wird?"

„Das wird es sicher", schaltete Heymar sich ein, „auch wenn dann die Umstände geselliges Beisammensein kaum zulassen werden. Aber nun wird es Zeit für Herbard, nach Danbor in seinen natürlichen Körper zurückzukehren. Die Kraft, die es braucht, einen Kaischan-Körper zu bilden und aufrechtzuerhalten, ist begrenzt." Herbard nickte zustimmend.

Widulf rief: „So lasst wenigstens uns auf diesen glücklichen Tag trinken: Auf Herbard, unseren neunten Gefährten, auf das Ende der Bruderschaft der Nacht und auf Adonia, die Göttin im Licht!"

Alle nahmen ihre Kelche von der Tafel und hoben sie Herbard entgegen: „Auf Herbard und Adonia!", sprachen alle im Chor und tranken ihre Kelche leer. Herbard lächelte ihnen herzlich zu. Seine Erscheinung begann zu verblassen, ein letztes Winken und dann war er verschwunden.

Die Zurückgebliebenen konnten noch einen stimmungsvollen, geselligen Abend geniessen. Niemand wollte an das Morgen denken...